월 드 클 래 식 라 이 팅 북

필사의 힘

알베르 카뮈처럼 【이방인 따라쓰기】

20___년 ___월 _____ 필사하다

월 드 클 래 식 라 이 팅 북

필사의 힘

알베르 카뮈처럼 【이방인 따라쓰기】

미르북
컴퍼니

"오늘도 일곱 자루의 연필을 해치웠다.
필사하십시다, 지금 당장!"

어니스트 헤밍웨이

필사는 "손가락 끝으로
고추장을 찍어 먹어 보는 맛!"

시인 안도현

첫 장을 펼치며...

알베르 카뮈의 《이방인》을 따라쓰며
삶을 통찰하는 시간을 가질 수 있기를

알베르 카뮈는 "인생은 그것 자체로는 의미가 없으나 의미가 없으므로 더욱더 살 가치가 있는 것"이라는 부조리의 철학을 역설한 바 있습니다. 혹자는 그가 쓴 《이방인》을 일컬어 '제2차 세계대전 이후 최대의 걸작'이라고도 했고, 특히 당대의 지식인 장 폴 사르트르는 카뮈를 '문화를 움직이는 작가 중 하나'로 평하기도 했습니다.

《이방인》은 현재에도 대한민국 명사 101인의 대표 추천작, 그리고 노벨연구소 선정 최고의 세계문학 100선에 선정되기도 했습니다.

이 작품의 주인공 뫼르소는 생각 없이 사는 것처럼 보이면서도, 주변에서 요구하거나 기대하는 대로 살지 않고 자신만의 길을 걸어가지요. 그에 비해 지금의 우리는 어떤가요?

그저 사회의 일원으로 자리를 지키며 살아가는 경우가 많습니다. 지치도록 일하고 작은 관습에서 벗어나려 하면 이상한 사람 취급을 받게 되지요.
여러분은 그런 삶에 만족하시나요?

《이방인》은 삶의 새로운 개념을 제시하며 당대의 사회를 뒤흔든 작품입니다. 이 책을 필사하는 일은 그저 옆에 쓰여진 글을 따라쓰는 것이 아니라 새로운 도전이자 차원이 다른 힐링이 될 것입니다.
우리 사회에 팽배해 있는 부조리를 날카로운 시선과 아름다운 문장으로 들춰내는 수작,《이방인》을 따라쓰는 것은 사회를 통찰하며 펜으로 현실을 이겨내는 훌륭한 기회가 될 것입니다. 이 책을 따라쓰며 부조리에 맞선 존재를 통찰하게 되시기를 바랍니다.

이렇게 따라써 보세요

눈으로 읽고 손으로 한 글자 한 글자 또박또박 써 내려갑니다. 문장을 천천히 음미하면서 읽어 보세요. 그리고 자신이 알베르 카뮈가 되었다고 생각하고 천천히 따라서 써 보세요. 《이방인》을 따라쓰기 하며 자신의 내면과 만나는 순간 내가 어떤 삶을 살고 있는지, 그 오랜 고민에 대한 답을 조금이나마 얻게 될지도 모릅니다. 필사의 힘을 온몸으로 느끼실 수 있습니다. 따라 쓰다가 무척 마음에 드는 문구가 나오면 밑줄을 그어도 좋습니다. 지금 바로 한 페이지를 채워 볼까요?

- 1 -

오늘 엄마가 죽었다. 아니, 어쩌면 어제였는지도 모른다. 양로원으로부터 전보를 받았다. '모친 사망, 내일 장례식, 근조(謹弔).' 이것만으로는 알 도리가 없으니. 아마 어제였는지도 모르겠다. 장로원은 알제(알제리의 수도_옮긴이)에서 약 팔십 킬로미터 떨어진 마랭고에 있다. 두 시 버스를 타면 어두워지기 전에 도착할 수 있을 테고, 그러면 밤샘을 한 뒤 내일 저녁에는 돌아올 수 있을 것이다. 나는 사장에게 이틀 휴가를 신청했다. 뚜렷한 이유가 있는지라 거절할 수는 없지만 그다지 좋아하는 눈치는 아니었다.
"그건 제 탓이 아닙니다."
사장은 대꾸하지 않았다. 난 괜히 말했다는 생각이 들었다. 사실 내가 변명할 게 아니라 오히려 그가 나를 위로해 줘야 할 일이었다. 아마 이틀 뒤 내가 상복을 입고 있는 걸 보면 조의를 표해겠지.
지금은 어찌 보면 엄마가 죽지 않은 것이나 다름 이 없는 상태다. 하지만 장례를 치르고, 나면 비로소 그것이 확정된 사실로 다가와 공식적인 예의를 갖추게 될 것이다.
나는 두 시 버스를 탔다. 날씨가 무척 더웠다. 늘 때처럼 대로 셀레스

- 2 -

장에서 맨 뒤에야 나는 이틀 휴가를 냈을 때 사장이 왜 못마땅해 했는지를 알아냈다. 오늘이 바로 토요일이기 때문이었다. 여태 그리 있고 있었는데 잠에서 깨어나면서 그 생각이 문득 떠올랐다. 사장은 내가 휴가를 내면 일요일까지 모두 나흘 동안 쉴 것이 라생각했을 테니 당연히 그게 탐탁치 않았을 것이다. 그러나 엄마 장례식은 오늘이 아닌 어제 치른 게 내 탓도 아니고, 여차피 토요일 일요일은 모두 쉬는 날이다. 하지만 사장의 마음을 이해 못하는 것은 아니다.
어제의 일정은 너무 지쳐서 일어나기가 힘들었다. 뭘 할까 생각하다가 수영을 하러 가기로 결심했다. 항구에 있는 해수욕장에 가기 위해 전차를 탔다. 도착하자마자 바로 물속으로 뛰어들었다. 젊은이들이 많았다. 물속에서 마리 카르도나를 만났다. 그녀는 우리 사무실에서 타이피스트로 일했었는데 그 당시에 나는 그녀가 마음에 들었고, 그녀도 그런 눈치였다. 하지만 얼마 뒤에 그녀가 그만두는 바람에 만날 기회가 없었다.
그녀가 부표 위로 기어오르는 것을 거들어 주다가 그녀의 가슴을 스쳤다. 내가 아직 물속에 있는 동안 그녀는 벌써 부표 위에서 배를

Q 따라쓰기를 하면 글쓰기 능력이 향상되나요?

A 네. 그렇습니다. 전반적으로 글쓰기 능력이 향상됩니다. 따라쓰기를 미술에 비유하자면 마치 화가 지망생이 명화를 따라 그리는 것과 같다고 생각하시면 됩니다. 뛰어난 문학 작품을 처음부터 끝까지 따라쓰게 되면 글쓴이가 사용한 어휘, 문장 부호, 문체 그리고 이것들이 모여 이루어진 문장을 자연스레 익히게 됩니다. 그러므로 글쓰기에 대한 자신감은 물론이고 전체적인 내용을 구성하는 능력까지 키울 수 있게 됩니다.

Q 소설 전체를 따라쓰는 것과 일부를 따라쓰는 것 중 어떤 것이 더 효과적인가요?

A 이번에도 미술에 비유해 보겠습니다. 요하네스 베르메르의 〈진주 귀걸이를 한 소녀〉를 좋아하는 화가 지망생이 그림 전체가 아닌 그림 일부분만을 따라 그렸다고 상상해 보십시오. 이 그림이 수백 년 동안 사랑받고 있는 이유는 소녀의 눈망울이 몹시 매혹적이기 때문입니다. 하지만 그림 전체가 아니라 소녀의 눈만 그린다면 눈 아래의 오뚝한 코와 부드럽게 빛나는 붉은 입술은 볼 수 없을 테고 당연히 그림에서 깊은 감흥을 느낄 수 없습니다.

따라쓰기도 마찬가지입니다. 소설 전체를 따라 써야 문장의 장단점을 파악해 장점을 극대화하고 단점을 걸어 낼 수 있습니다. 특정 단락의 문장이 뛰어나다고 해도 그것은 어디까지나 완성된 한 편의 작품 속에서 다른 단락들과 조화를 이루어야 더욱 빛나는 것입니다.

Q 따라쓰기를 할 때 소설이 아니라 시를 선택해서 써도 되나요?

A 문학인을 지망하는 사람이 아니고 또 글쓰기 능력이 전반적으로 향상되는 것을 원한다면 시보다는 소설이 더 적절합니다. 시의 경우 소설에서는 잘 쓰지 않거나 허용되지 않는 기발하고 독특한 표현을 사용하는 빈도가 높기 때문입니다.

Q 어떤 분이 이르기를 따라쓰기는 자신의 색깔을 잃을 수 있으니 지양해야 한다고 하는데 이 부분에 대해서 조언을 듣고 싶습니다.

A 뛰어난 문장가들의 문장을 따라쓰다 보면 비슷한 유형의 문장을 자신의 글을 쓸 때에도 쓰게 되는 경우가 생길 수 있습니다. 하지만 그것은 짧은 시기에 불과할 뿐이고 끊임없이 글쓰기 연습과 독서를 병행하면 자신만의 색깔을 찾을 수 있습니다.

Q 따라쓰기를 하면 정말 마음이 가라앉고 힐링이 되나요?

A 컬러링북에 색깔을 채워 나가다 보면 마음이 고요해지고 그것에 더욱 몰입할 수 있게 됩니다. 따라쓰기도 마찬가지입니다. 다만 한 가지 더 좋은 점이 있다면 글쓰기 능력도 향상된다는 것입니다.

Q 작가가 되고 싶은데 어느 정도로 따라쓰기를 해야 할까요? 하루에 얼마나 시간 투자를 하면 되는지 궁금합니다.

A 따라쓰기는 순전히 각자의 역량에 맞춰 할 수 있는 작업입니다. 그러니 너무 지치지 않을 정도로 쓰는 게 좋습니다. 다만 하루도 빠짐없이, 5분이라도 시간을 투자해서 매일 쓰는 것이 좋겠습니다. 이런저런 사정을 핑계로 띄엄띄엄 쓴다면 곧 지루해지고 중간에 포기할 가능성이 높아집니다.

Q 한국 작품이 아니라 외국 작품의 번역물을 선택해도 상관없는 건가요?

A 우리가 외국 작품을 읽을 때 번역본을 읽는 것처럼, 따라쓰기도 원문을 따라쓰기 어렵다면 번역본을 따라쓰는 것도 훌륭한 방법입니다. 다만 여러 개의 번역본을 비교해 보고, 쉽게 읽히거나 문체가 마음에 드는 번역본을 선택하는 것이 좋습니다.

이방인

1부

-1-

오늘 엄마가 죽었다. 아니, 어쩌면 어제였는지도 모른다. 양로원으로부터 전보를 받았다. '모친 사망, 내일 장례식. 근조(謹弔).' 이것만으로는 알 도리가 없으니, 아마 어제였는지도 모르겠다. 양로원은 알제(알제리의 수도_옮긴이)에서 약 팔십 킬로미터 떨어진 마랭고에 있다. 두 시 버스를 타면 어두워지기 전에 도착할 수 있을 테고, 그러면 밤샘을 한 뒤 내일 저녁에는 돌아올 수 있을 것이다. 나는 사장에게 이틀 휴가를 신청했다. 뚜렷한 이유가 있는지라 거절할 수는 없지만 그다지 좋아하는 눈치는 아니었다.

"그건 제 탓이 아닙니다."

사장은 대꾸하지 않았다. 난 괜히 말했다는 생각이 들었다. 사실 내가 변명할 게 아니라 오히려 그가 나를 위로해 줘야 할 일이었다. 아마 이틀 뒤 내가 상복을 입고 있는 걸 보면 조의는 표하겠지.

지금은 어찌 보면 엄마가 죽지 않은 것이나 다를 바 없는 상태다. 하지만 장례를 치르고 나면 비로소 그것이 확정된 사실로 다가와 공식적인 예의를 갖추게 될 것이다.

나는 두 시 버스를 탔다. 날씨가 무척 더웠다. 늘 하던 대로 셀레스

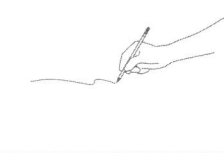

트의 식당에서 점심을 먹었는데 모두들 나를 동정하며 슬퍼해 주었다.

"어머니란 특별한 존재라오."

셀레스트는 내게 이런 말까지 건넸다. 식당을 나올 때는 모두들 문까지 나와 배웅해 주었다. 나는 정신이 좀 멍해서 상복으로 갈아입는 것도 잊고 있다가 에마뉘엘의 집에 들러 검은 넥타이와 상장을 빌렸다. 에마뉘엘은 몇 달 전에 삼촌의 상을 치렀던 것이다.

버스를 놓치지 않으려고 뛰었다. 그렇게 서둘러 뛰었던 데다가 흔들리는 버스, 휘발유 냄새, 하늘과 도로에서 번쩍이는 햇빛, 이 모든 것 때문에 나는 깜빡 잠이 든 모양이었다. 양로원으로 가는 내내 잤다. 눈을 뜨니 어떤 군인의 어깨에 기대고 있었다. 그가 웃으며 멀리서 오는 거냐고 물었는데 별로 말하고 싶지 않아서 "네."라고만 대답했다.

양로원은 마을에서 이 킬로미터쯤 떨어져 있었다. 나는 그곳까지 걸어갔다. 바로 엄마를 만나려고 하자 관리인이 원장을 먼저 만나야 한다고 말했다. 원장이 바쁜 탓에 나는 조금 기다려야 했다. 기다리는 동안 관리인이 줄곧 말을 건넸다. 드디어 원장실로 안내 받았는데 원장은 키가 작은 노인으로 레지옹 도뇌르 훈장을 달고 있었다. 그가 맑은 눈으로 나를 보더니 손을 내밀었다. 손을 너무 오래 잡고 있어서 나는 손을 어떻게 빼야 할지 난감했다. 원장은 서류철을 뒤적였다.

"뫼르소 부인은 삼 년 전에 이곳으로 오셨군요. 의지할 사람이라고

는 당신밖에 없었네요."

원장이 책망하는 것 같아서 나는 그에게 사정을 이야기했다. 그는 내 말을 막았다.

"그럴 필요 없어요. 젊은이, 당신 어머니 서류를 읽어 보았어요. 당신은 어머니를 부양할 수가 없었더군요. 어머님을 돌봐 줄 사람이 필요했지만 수입도 넉넉하지 못했고요. 그러니 어머니께서는 여기에 계시는 편이 더욱 행복하셨을 겁니다."

"그렇습니다, 원장님." 하고 나는 말했다.

"어머니는 이곳에서 또래 친구들과 잘 어울리셨어요. 친구분들과는 옛이야기를 나눌 수도 있으니 재미있게 지낼 수 있지만 당신과 살았더라면 아무래도 세대가 달라서 적적하셨을 거예요."

그건 사실이었다. 엄마는 집에 있을 때, 아무 말 없이 그저 나를 바라보는 것으로 하루를 다 보내곤 했다. 양로원에 가고 처음 며칠은 자주 울었다는데, 그건 습관 때문이었다. 아마 몇 달이 지나, 집에 다시 데려오려고 했다면 그 때도 습관 때문에 울었을 것이다. 언제나 습관 때문이었다.

내가 마지막 해에 이곳에 발길이 뜸했던 것은 그런 이유도 조금 있었다. 물론 정류장까지 가서 표를 사고, 두 시간 동안 버스를 타는 것도 귀찮고 일요일 하루를 몽땅 포기해야 한다는 것도 한몫을 하긴 했

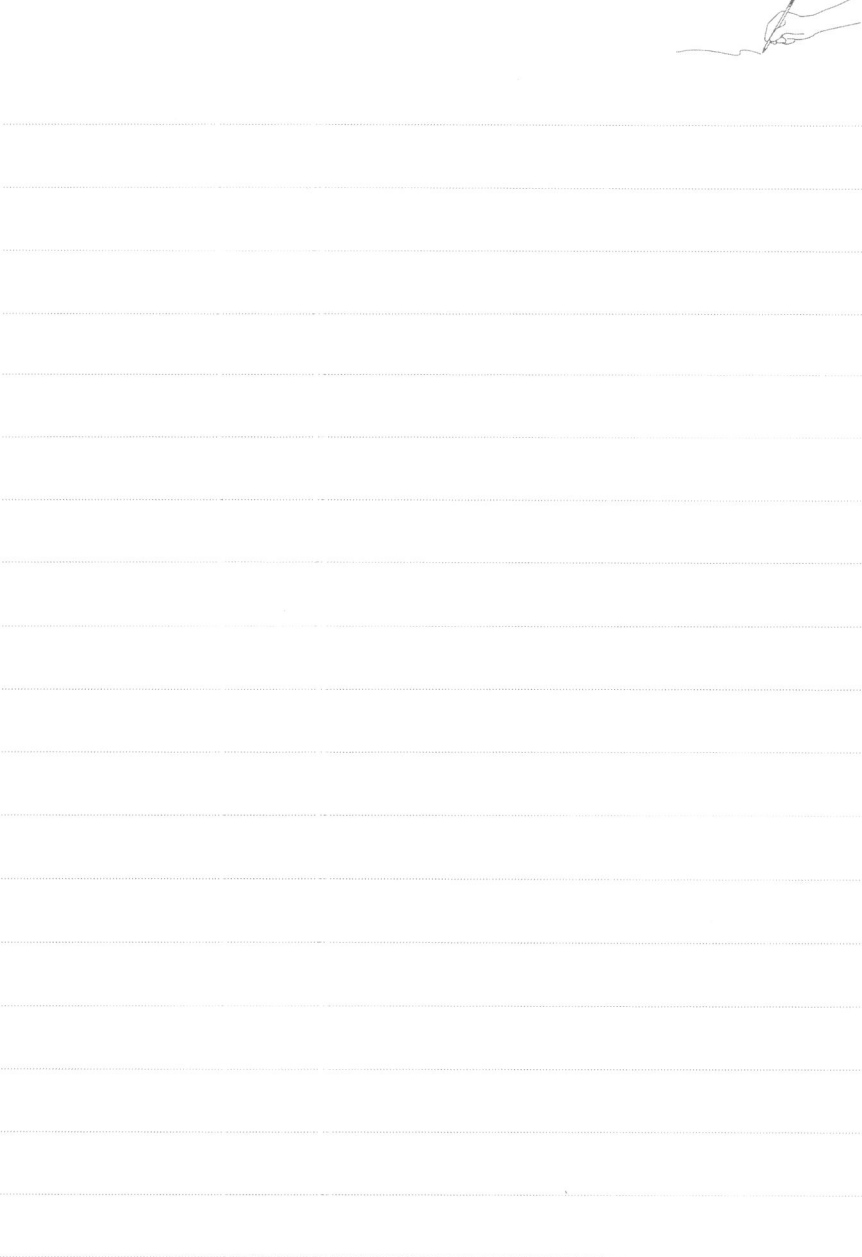

다. 원장이 다시 이야기를 시작했지만 나는 대충 흘려들었다.

"어머님이 보고 싶으실 테지요."

말없이 일어나 그의 뒤를 따랐다. 계단에서 원장이 말을 이었다.

"조그만 빈소로 어머니를 모셨습니다. 다른 사람들이 놀라는 일이 없도록 하기 위해서랍니다. 누군가 돌아가실 때마다 양로원에 계시는 다른 분들도 이삼일 동안은 신경이 날카로워지세요. 그럼 일도 어려워지고요."

우리는 노인들이 작게 무리를 지어 이야기를 나누고 있는 안뜰을 가로질러 갔다. 그들은 말을 멈추었다가 우리가 지나가자마자 다시 이야기를 시작했다. 마치 앵무새들이 낮게 재잘거리는 것 같았다. 작은 건물 입구에 다다르자 원장이 멈춰 섰다.

"뫼르소 씨, 그럼 저는 가 보겠습니다. 볼일이 있으면 언제든 사무실로 연락 주십시오. 장례식은 내일 아침 열 시입니다. 밤샘하실 걸 고려해서 그리 정했습니다. 마지막으로 한 말씀드리자면, 당신 어머니께서 장례식은 종교 의례에 따라 행했으면 좋겠다고 가끔 친구분들께 말씀하셨답니다. 거기에 따른 준비는 모두 해 놓았습니다. 다만 미리 알려 드려야 할 것 같아서요."

나는 원장에게 고맙다고 했다. 엄마는 무신론자는 아니었지만 그렇다고 종교를 깊이 생각한 적도 없었다.

나는 안으로 들어갔다. 천장에 유리창이 달려 있고, 흰 석회로 벽을 칠한 방이라서 무척 밝았다. 의자 몇 개와 십자 모양 받침대들이 보였다. 방 한가운데 놓인 두 개의 받침대 위에 뚜껑이 덮인 관이 있었다. 호두 기름을 칠한 판자 위에 대충 박은 나사못이 도드라져 번쩍거렸다. 관 옆에는 하얀 블라우스를 입고 머리에 진한 빛깔 머릿수건을 쓴 아랍 인 간호사가 있었다.

그때 관리인이 뒤따라 들어왔다. 뛰어온 모양이었다.

"이, 입관을 했습니다만 보실 수 있도록 못을 뽑아 드리겠습니다."

그가 조금 더듬거리며 관 가까이 가려고 하기에 내가 말렸다. 그가 내게 말했다.

"안 보시려고요?"

내가 대답했다.

"네."

그가 아무 말도 하지 않아 어색해졌다. 괜한 말을 했구나 싶었다.

"왜 안 보시려는 겁니까?"

잠시 뒤에 그가 물었지만 나무란다기보다는 이유를 알고 싶은 모양이었다.

"잘 모르겠습니다."

그가 흰 수염을 만지작거리며 나를 보지도 않고 대꾸했다.

"하긴 그럴 수도 있지요."

그의 반짝이는 푸른 눈은 아름다웠고, 얼굴빛이 조금 붉었다. 그는 내게 의자를 하나 밀어 권하면서 자기도 뒤쪽에 조금 떨어져 앉았다. 간호사가 일어서서 문 쪽으로 갔다. 그때 관리인이 말했다.

"종기가 나서 저래요."

나는 무슨 말인지 몰라서 간호사를 쳐다보았다. 그녀는 눈 밑에서부터 머리까지 온통 붕대로 감고 있었다. 코언저리에도 붕대가 편편하게 대어져 있었다. 얼굴이 온통 흰 붕대투성이였다. 간호사가 나가자 관리인이 말했다.

"혼자 계시도록 저도 나가 보겠습니다."

내가 어떤 몸짓을 보였는지 모르겠지만, 그는 나가지 않고 내 뒤에 그냥 서 있었다. 등 뒤에 누군가 서 있다는 게 몹시 거북했다. 방 안에는 아름다운 노을이 가득 들어찼다. 말벌 두 마리가 유리창에 부딪치며 붕붕댔다. 졸음이 몰려왔다.

"여기 오래 계셨어요?"

나는 고개를 돌리지도 않고 관리인에게 말을 걸었다.

"오 년 됐습니다."

그는 마치 내 질문을 기다리고 있었다는 듯 바로 대답했다.

그러고는 수다스럽게 이야기를 늘어놓았다. 누군가 그에게 마랭고

의 양로원에서 관리인으로 일생을 마치게 될 것이라고 했다면, 그는 아마 무척 놀랐을 것이다. 그는 예순네 살이었고, 파리 태생이라고 했다. 그때 내가 그의 이야기를 가로막고 물었다.

"아, 여기 분이 아니시군요?"

그리고 그가 나를 원장실로 데려가기 전에 엄마 이야기를 했던 걸 기억해 냈다. 그는 내게 산이 없는 평지에서는, 게다가 이 지방처럼 날씨가 무더운 곳에서는 서둘러 시체를 매장해야 한다고 했었다.

자기는 파리에 살았으며 파리는 좀처럼 잊히지 않는다고 말한 것도 그때였다. 파리에서는 사나흘씩이나 시체를 묻지 않고 두는 경우가 있지만 여기서는 그럴 시간이 없으며, 채 실감하기도 전에 벌써 영구차를 따라가야 한다는 것이었다. 그때 그의 아내가 그에게 면박을 주었다.

"그만해요. 그런 얘길 이분께 뭐하러 하는 거예요."

그는 얼굴을 붉히며 사과를 했다.

나는 그들 중간에서 "아니에요. 정말 괜찮습니다." 하고 말했다.

관리인 이야기가 재미도 있었고, 또 그 말이 맞다고 생각했다.

조그만 영안실에서, 관리인은 자신이 극빈자로 양로원에 들어왔다고 했다. 아직 건강하다고 스스로 느끼기 때문에 관리인 자리를 맡기로 했다는 것이다. 나는 결국 그도 수용된 사람들 중 한 사람이 아니

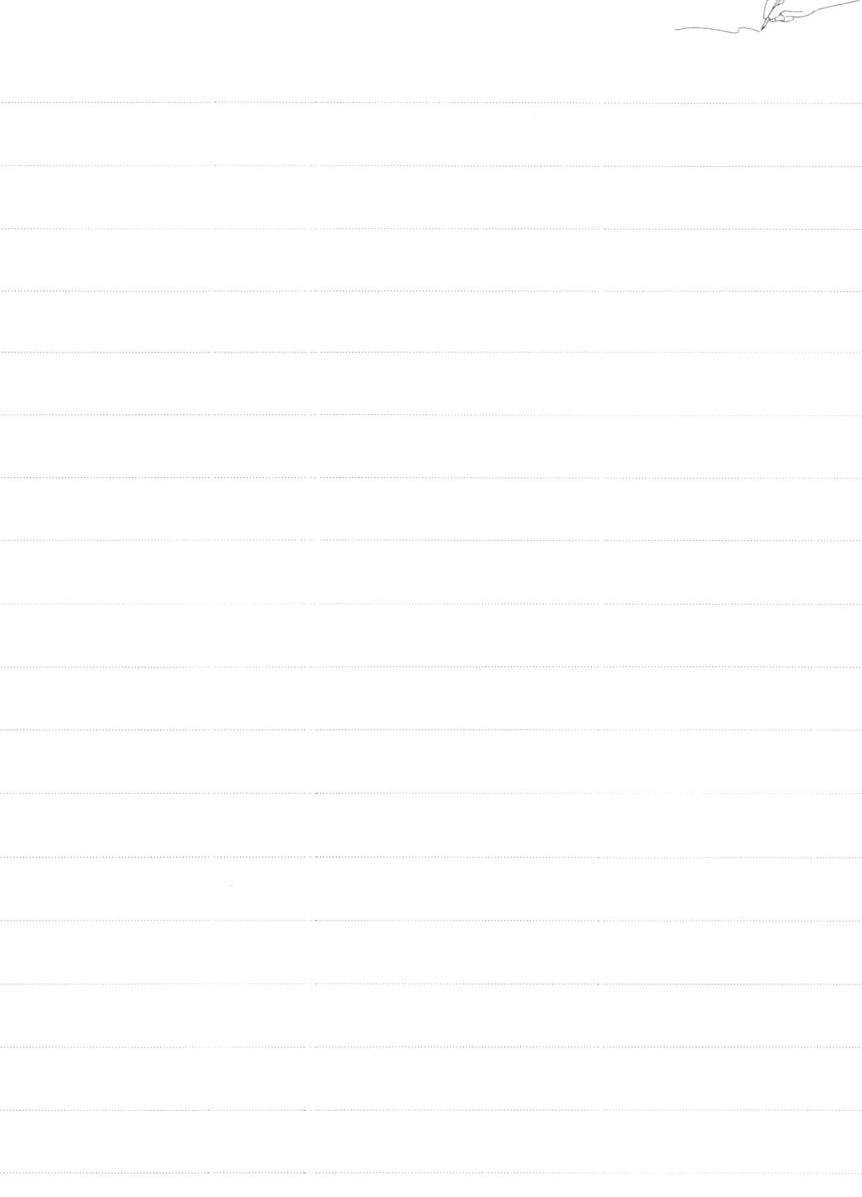

냐고 지적했는데 그는 아니라고 했다.

 나는 그가 양로원에 있는 사람들을 '그들'이나 혹은 '저 사람들' 또는 가끔 '늙은이들'이라고 지칭하는 것을 듣고 놀랐다. 수용된 사람들 중에는 그보다 나이가 적은 사람들도 있었기 때문이다. 그러나 물론 그건 다른 문제였다. 그는 관리인이기 때문에 어느 정도 권리를 갖고 있었다.

 그때 간호사가 들어왔고, 주위도 어느새 어둑해져 있었다. 순식간에 밤이 유리창 위로 짙게 깔렸다. 관리인이 스위치를 올렸을 때 별안간 쏟아지는 불빛 때문에 눈이 부셔서 오히려 앞이 캄캄해졌다. 그가 식당에 가서 밥을 먹으라고 했으나 나는 배가 고프지 않다고 말했다. 그랬더니 그가 밀크 커피 한 잔을 가져오겠다고 하기에 밀크 커피를 좋아하는 나는 그러라고 했다. 조금 있다가 그가 쟁반을 들고 돌아왔다.

 나는 커피를 마셨다. 그런 뒤에 담배 생각이 났지만 엄마 시신 앞에서 피워도 좋을지 망설여졌다. 가만히 생각해 보니 그다지 거리낄 것도 없어서 관리인에게도 담배를 한 대 권하고 둘이서 함께 피웠다. 그가 문득 말을 꺼냈다.

 "그런데 말씀입니다. 어머니 친구분들도 밤샘을 하러 오실 거예요. 그게 관습이거든요. 의자하고 블랙커피를 좀 준비해야겠습니다."

 나는 벽에 반사되는 불빛으로 피로를 느낄 지경이어서 전등 여러

개 중에서 하나를 끌 수 없느냐고 물었다. 관리인은 전기 시설 문제로 다 켜든지, 다 끄든지 할 수밖에 없어서 하나를 끄긴 어렵다고 말했다. 그 뒤로 나는 그에게 관심을 갖지 않았다.

그는 나갔다가 들어와 의자를 몇 개 늘어놓고 의자 한 개에는 커피 주전자와 찻잔들을 포개 놓았다. 준비가 끝났는지 엄마 시신 건너편으로 가더니 나와 마주 보는 자리에 앉았다.

간호사도 방 안쪽에 등을 돌린 채 앉아 있었다. 무엇을 하는지 보이지는 않았지만 팔을 움직이는 모양으로는 뜨개질을 하는 것 같았다. 방 안은 따뜻했고 커피를 마신 덕분에 몸도 덥혀졌고 열어 놓은 문으로 밤공기와 꽃향기가 흘러 들어왔다. 나는 잠깐 졸았던 모양이다.

희미하게 스치는 소리에 잠이 깼다. 눈을 감고 있었기 때문에 방 안을 밝힌 빛이 더욱 눈부셨다. 물체와 모서리들, 모든 곡선들이 그림자도 없이 하나하나 눈이 아플 정도로 또렷하게 드러났다. 그때 엄마의 양로원 친구들이 들어왔다. 모두 열 명이 조금 넘을 것 같았는데 아무 말 없이 그 빛 속을 살며시 걸어 들어와 의자 삐걱대는 소리도 하나 내지 않고 앉았다.

나는 사람을 처음 보기라도 하듯이 그들을 자세히 보았는데 그들의 얼굴, 옷차림 등 사소한 하나하나가 모두 내 눈에 띄었다. 그런데 그들은 하도 조용해서 진짜 사람이라고 믿기 어려울 정도였다.

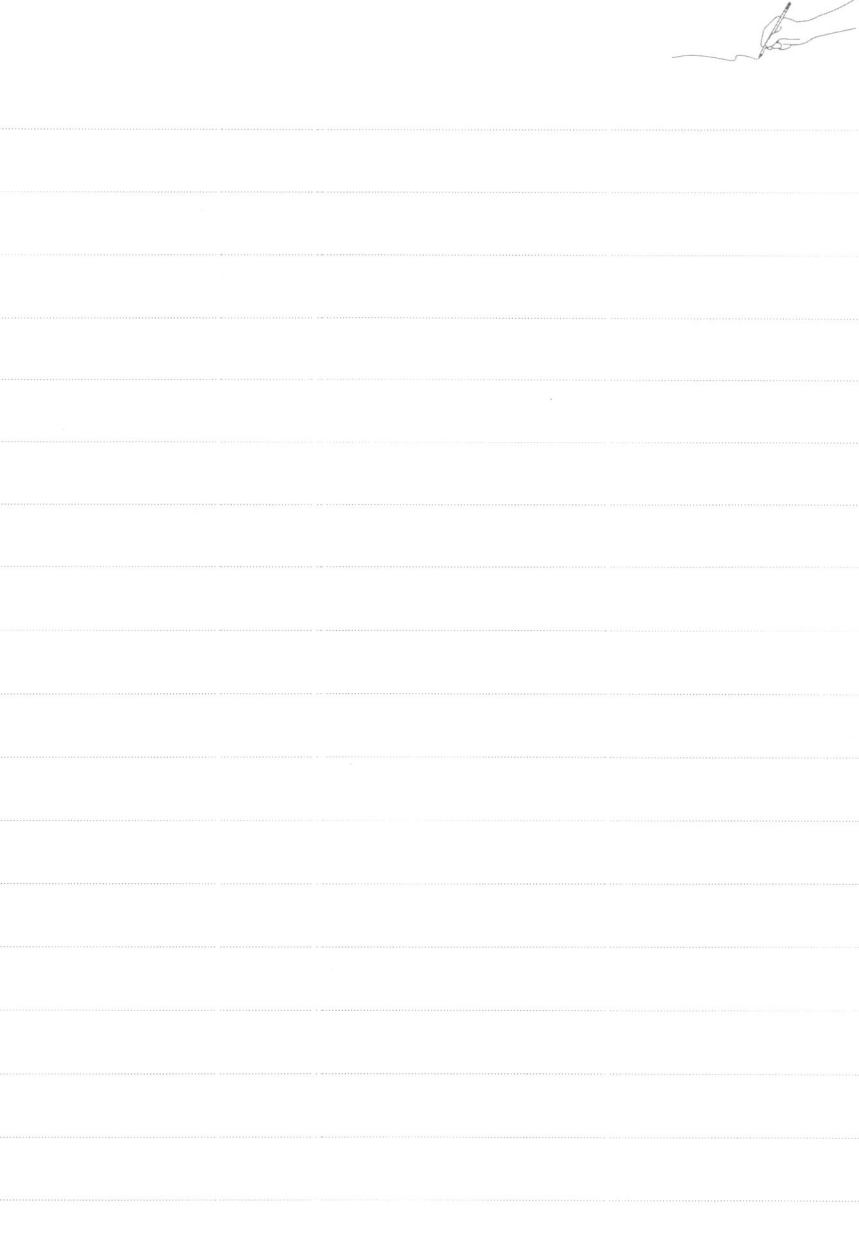

여자들은 거의 모두 앞치마를 두르고 허리를 끈으로 졸라 맨 차림이라 볼록 나온 배가 더 도드라져 보였다. 늙은 여자들의 배가 그렇게 나올 수 있다는 것을 처음 알았다. 남자들은 대부분 무척 말랐고 지팡이를 짚고 있었다. 놀랐던 것은, 그들의 눈이 온통 주름살로 덮여 보이지 않는데도 그 얼굴 한가운데 광채 없는 빛이 보였다는 것이다. 그들은 대부분 이가 다 빠진 입 안으로 입술이 말려 들어간 모습이었는데, 앉을 때 어색하게 머리를 숙이는 것이 내게 인사를 하기 위한 것인지 아니면 그들의 버릇인지 분간하기 어려웠다. 아마도 인사를 하려던 것이었지 싶다.

그들 모두가 관리인 주위로 나와 마주 앉아 고개를 꾸벅거리고 있다는 것을 알아차린 순간, 나는 그들이 나를 심판하러 온 게 아닐까 하는 어처구니없는 생각이 들었다.

잠시 뒤 둘째 줄에 앉아 잘 보이지 않는 한 여자가 울기 시작했다. 일정한 간격으로 반복되는 그녀의 작은 울음소리는 끝도 없을 것 같았다. 다른 사람에게는 들리지도 않는 모양이었다.

그들은 기운 없이 우울한 얼굴로 묵묵히 앉아 있기만 했다. 모두들 한결같이 관이나 지팡이, 혹은 눈에 띄는 모든 것 중에 한 가지를 뚫어져라 바라보기만 했다. 여자는 여전히 울었고 그녀를 알지 못하는 나는 조금 당황스러웠다.

울음소리를 그만 듣고 싶었지만 그렇다고 그만 울라는 말을 할 수도 없었다. 관리인이 그녀에게 다가가 무슨 말을 건넸지만 그녀는 머리를 가로저으면서 뭐라 중얼거리더니 또 끊임없이 울음소리를 냈다. 그때 관리인이 내 옆으로 다가와 앉았다. 한참 동안을 그렇게 앉아 있기만 하더니 내 얼굴은 보지도 않고 말을 걸어왔다.

"저분은 어머님하고 꽤 친하게 지내셨어요. 여기서 딱 하나 있는 친구였는데 이제 자기는 친구가 하나도 없는 신세가 되었다는군요."

우리는 오랫동안 그렇게 앉아 있었다. 여자의 한숨 소리와 흐느낌도 조금씩 줄어들었다. 그녀는 잠시 코를 훌쩍이더니 마침내 울음을 그쳤다. 더 이상 졸리지는 않았지만 나는 피곤했고 허리도 아팠다.

이 많은 사람들의 침묵이 이제 고통스럽게 느껴졌다. 가끔씩 괴상한 소리가 들렸는데 그게 무슨 소리인지는 알 수 없었다. 그러다가 나는 그 소리가 몇몇 노인들이 볼 안쪽을 빨아서 내는 희한한 소리라는 것을 알게 되었다.

그들 모두는 각자 깊은 생각에 잠겨 그런 소리를 내는지도 알아차리지 못하는 것 같았다. 나는 그들 앞에 누워 있는 이 시신도 그들 눈에는 아무것도 의미하지 않는다는 인상을 받았다. 하지만 나중에 생각해 보니 그건 잘못된 느낌인 것 같았다.

관리인이 우리들에게 커피를 따라 주었다. 그 다음에는 무슨 일이

있었는지 기억이 나지 않는다. 밤은 지나갔다. 어느 순간 눈을 떴을 때 노인들이 서로 기대 잠들어 있는 것을 본 기억은 어렴풋이 난다. 그들과 다르게 단 한 사람만은 지팡이를 마주 잡은 손등 위에 턱을 괴고 앉아 내가 깨어나기를 기다리는 것처럼 나를 뚫어지게 쳐다보고 있었다. 그러고 나서 나는 다시 잠이 들었다가 허리가 점점 아파 와서 눈을 떴다.

유리창으로 날이 밝아 오는 게 보였다. 잠시 뒤에 노인 한 사람이 깨어 심한 기침을 해 댔다. 그는 커다란 체크무늬 손수건에 가래를 뱉어 냈는데, 그 가래침 덩어리가 마치 속을 모두 끄집어내는 듯했다.

그 때문에 다른 사람들이 잠에서 깼다. 관리인은 그들에게 갈 시간이 되었다고 알려 주었다. 불편하게 밤을 샌 탓에 잿빛이 된 얼굴로 그들이 일어섰다. 매우 놀랍게도 그들 모두 방문을 나서면서 내 손을 잡고 악수했다. 서로 말 한마디 주고받지 않았지만 마치 지난밤이 우리의 친밀감을 두텁게 만든 것 같았다.

나는 피곤했다. 관리인이 자기 방에 데려다 주어 간단히 세수했다. 그리고 또 밀크 커피를 마셨는데 무척 맛있었다. 밖으로 나왔을 때는 해가 갓 떠올라 있었다. 바다와 마랭고 사이를 막고 서 있는 언덕들 위로 하늘빛이 불그스름했다. 언덕 위로 불어오는 바람에는 소금기가 실려 있었다. 아름다운 하루가 막 시작되려는 참이었다. 나는 오랫동

안 전원에 나가 본 일이 없었다. 엄마 일만 아니었으면 산책하기에 딱 좋겠다는 생각이 들었다.

안뜰에 있는 플라타너스 아래에서 기다렸다. 신선한 흙냄새를 들이마셨더니 더 이상 졸리지 않았다. 사무실 동료들 생각이 났다. 지금쯤 그들은 출근하려고 막 일어났을 것이다. 나는 늘 그때가 하루 중에서 제일 힘들었다.

그런 생각에 좀 더 빠져 보려 했으나 건물 안에서 울리는 종소리에 생각이 흩어져 버렸다. 창문 뒤에서 한참 동안 시끄러운 소리가 나더니 곧 조용해졌다.

해는 하늘로 더 높이 올라갔고 이제 햇볕이 내 발을 뜨겁게 내리쬐었다. 관리인이 마당을 가로질러 오더니 원장이 찾는다는 말을 전해 주었다. 나는 원장실로 가서 몇 가지 서류에 시키는 대로 서명을 했다. 원장은 줄무늬 바지에 검은 상복을 입고 있었다. 그가 수화기를 들고 내게 말했다.

"장의사에서 방금 사람들이 도착했답니다. 관 뚜껑을 닫으려는데 그 전에 어머님을 마지막으로 보셔야지요?"

내가 안 보겠다고 하자 그가 목소리를 낮춰 수화기에 대고 명령을 내렸다.

"피자크, 사람들에게 시작하라고 하게."

그런 뒤에 원장은 자기도 장례식에 참석한다는 말을 했고 나는 고맙다고 대답했다. 그는 자기 책상 위에 걸터앉아 짧은 다리를 포갰다.

그는 장례식에 자신과 나, 그리고 담당 간호사만이 참석할 것이라고 했다. 원칙상으로 양로원의 노인들은 장례식에 참석할 수 없고, 밤샘하는 것만 허용된다는 것도 말해 주었다.

"그건 인정상의 문제거든요."

그가 이번에는 특별히, 엄마와 절친한 사이였던 남자 '토마 페레'라는 노인이 장지까지 따라가는 것을 허락했다고 말했다.

"조금 유치한 감정입니다만 그 사람과 당신 어머니는 거의 붙어 있다시피 했거든요. 여기 사람들이 '당신 약혼녀구만.' 하고 페레를 놀리면 그는 그저 웃곤 했어요. 그게 그들에게 큰 즐거움이었답니다. 그러니 뫼르소 부인이 돌아가신 게 그에게는 엄청난 슬픔이겠죠. 그래서 장례식에 페레가 참석하는 걸 막아야 된다는 생각은 굳이 하지 않았어요. 하지만 왕진 오는 의사의 충고대로 어제 밤샘하는 것만은 막았답니다."

원장이 빙그레 웃으며 말했다.

우리는 오랫동안 말이 없었다. 원장이 일어서서 창밖을 내다보았다.

"여기 마랭고 지방 신부님이 벌써 오시네요. 꽤나 일찍 오셨습니다."

원장은 마을 안에 있는 성당으로 가려면 적어도 사십오 분은 걸린

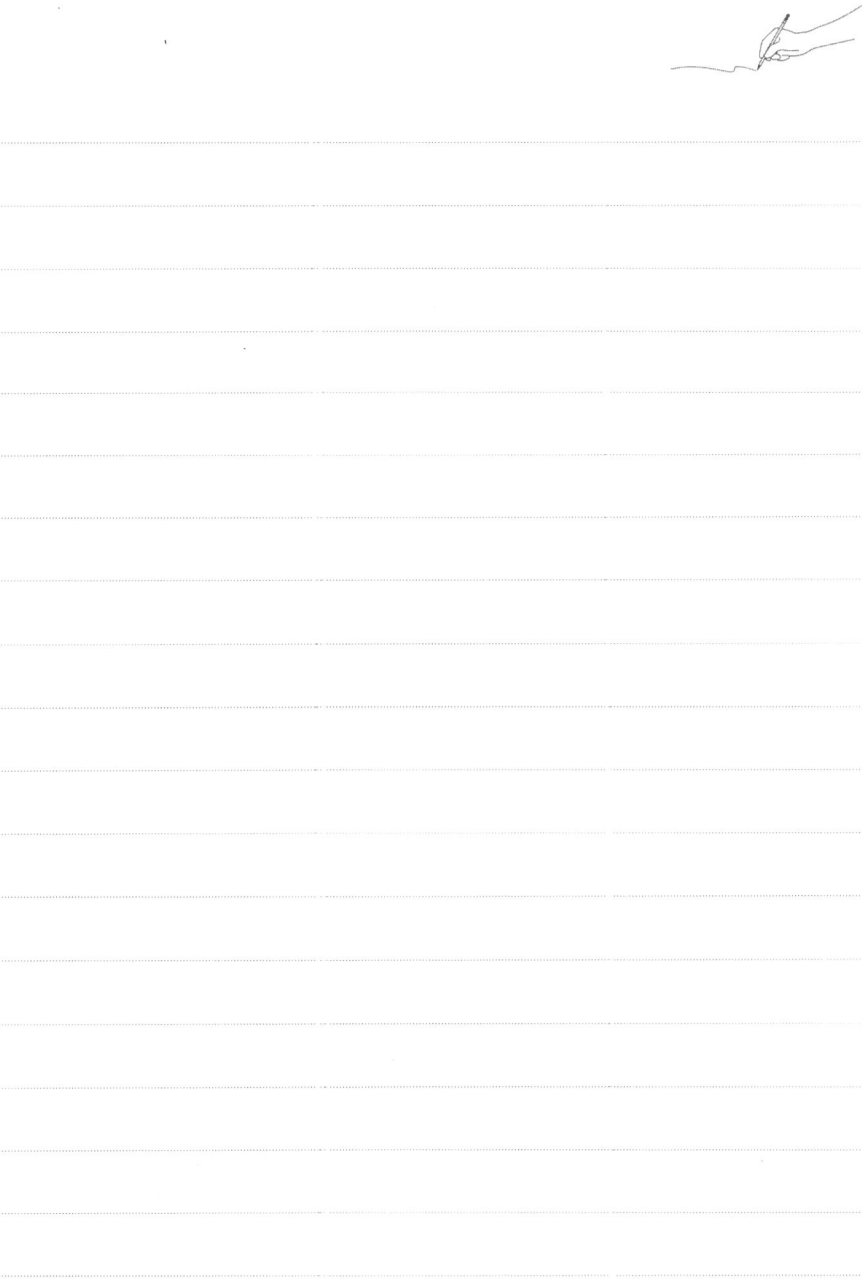

다고 말했다. 우리가 내려가니 건물 앞에 사제와 복사(服事) 아이 둘이 있었다. 그중 한 아이가 향로를 들고 있었고, 사제는 은줄의 길이를 조절하느라 아이에게 몸을 굽히고 있었다.

우리가 그 앞을 지나자 사제는 허리를 펴고 나를 "내 아들(프랑스에서 사제가 남자 신도를 부를 때 '몽 피스'라고 하는데 이 말에는 '내 아들'이라는 뜻도 있다_옮긴이)"이라고 부르며 몇 마디 말을 건넸다. 그러고는 안으로 들어갔고 나도 그 뒤를 따랐다.

방 안에 못이 박힌 관과 검은 옷을 입은 인부 네 사람이 한꺼번에 보였다. 원장이 내게 영구차가 길에서 기다리고 있다는 말을 하자 신부의 기도가 시작되었다. 그 뒤로 모든 일이 빠르게 진행되었다. 인부들이 천을 들고 관 앞으로 다가갔다. 사제와 복사들, 나와 원장은 밖으로 나왔는데 처음 보는 여자가 서 있었다. 원장이 나를 그 부인에게 소개했다.

"페르소 씨입니다."

이름은 듣지 못했지만 그녀가 담당 간호사라는 것을 알 수 있었다. 그녀는 미소도 짓지 않은 채 앙상하고 길쭉한 얼굴을 숙였다. 우리는 관이 지나갈 수 있도록 옆으로 비켜섰다.

우리가 인부들 뒤를 쫓아 양로원을 나서니 영구차가 문 앞에 서 있었다. 니스 칠을 해서 번쩍이는 직사각형 차를 보니 필통이 생각났다.

차 옆에는 키가 작고 우스꽝스러운 옷을 입은 장례 진행자와 몸이 조금 불편해 보이는 노인이 한 명 서 있었다.

나는 그가 페레 씨라는 것을 알 수 있었다. 그는 위쪽이 동그랗고 테가 넓은 모자를 쓰고 있다가 관이 문을 지날 때 그것을 벗었다. 구두 위로 늘어진 바지와 커다란 흰 칼라가 달린 셔츠에 지나치게 작은 검정 넥타이를 매고 있었다. 주근깨가 가득한 코 밑에 있는 입술이 바르르 떨렸다. 숱이 없는 흰 머리카락 사이로 보인 귀는 귓바퀴가 일그러지고 늘어진 이상한 모양을 하고 있었다. 창백한 얼굴과 피처럼 붉은 귀의 대조는 내게 강한 인상을 남겼다.

장례 진행을 맡은 사람이 우리에게 자리를 정해 주었다. 사제가 맨 앞에, 영구차가 그다음, 그 주위로 인부 네 명의 뒤를 이어 원장과 나, 마지막으로 담당 간호사와 페레 씨가 뒤따르기로 했다.

하늘에는 벌써 햇빛이 가득했다. 햇빛이 땅으로 내려앉자 더위가 급격히 기승을 부렸다. 이유는 몰랐으나, 우리는 출발하기 전에 상당히 오랫동안 기다렸다. 검은 상복을 입은 터라 몹시 더웠다. 모자를 쓰고 있던 노인도 다시 모자를 벗었다. 고개를 돌려 그를 보고 있는데 원장이 내게 말했다. 저녁이 되면 어머니와 페레 씨는 간호사를 대동하고 자주 마을까지 산책을 했다는 것이다.

나는 주위에 있는 벌판을 바라보았다. 하늘에 닿을 듯 줄지어 선 삼

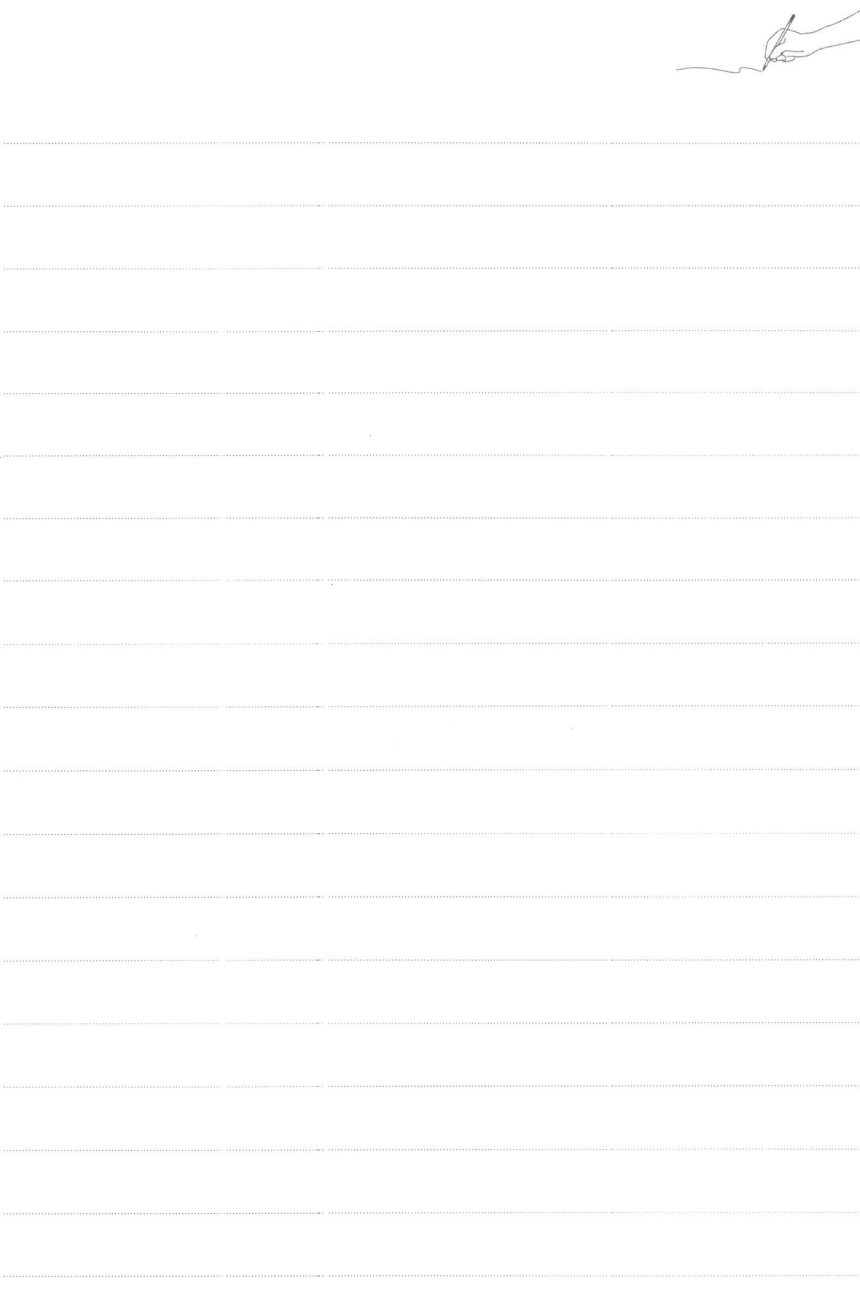

나무들과 붉고 푸른 대지, 드문드문 보이는 집들을 보니 어머니의 마음을 이해할 것 같았다. 이 고장에서 보내는 저녁은 쓸쓸한 휴식 시간과 같았을 것이다. 오늘은, 넘쳐흐르는 햇빛의 열기가 이 풍경을 아른거리게 하는 탓에 견디기 힘들었고 사람을 기운 빠지게 했다.

페레 씨가 다리를 약간 절름거린다는 것도 우리가 걷기 시작했을 때야 알게 되었다. 영구차 속도가 점점 빨라지자 그는 자꾸 뒤로 처졌다. 영구차 곁을 따라가던 인부 한 명도 뒤로 처져 나와 나란히 걸었다. 나는 태양이 빠른 속도로 솟아오르는 것을 보고 놀랐다.

윙윙대는 벌레 소리와 풀잎이 바스락대는 소리가 이미 오래 전부터 벌판을 메우고 있는 것을 느꼈다. 뺨 위로 땀이 흘러내렸다. 나는 모자가 없어서 손수건으로 부채질을 했다. 그때 인부 한 명이 내게 뭐라고 말을 하면서 오른손으로는 모자챙을 들어 올리고 왼손으로는 손수건으로 이마를 닦았다.

"뭐라 하셨나요?"

그가 하늘을 가리키며 말했다.

"무던히 내리쬔다고 했습니다."

나는 "네." 하고 대답했다.

"저분이 어머니신가요?"

조금 뒤에 그가 다시 물었다. 역시 "네." 하고 대답했다.

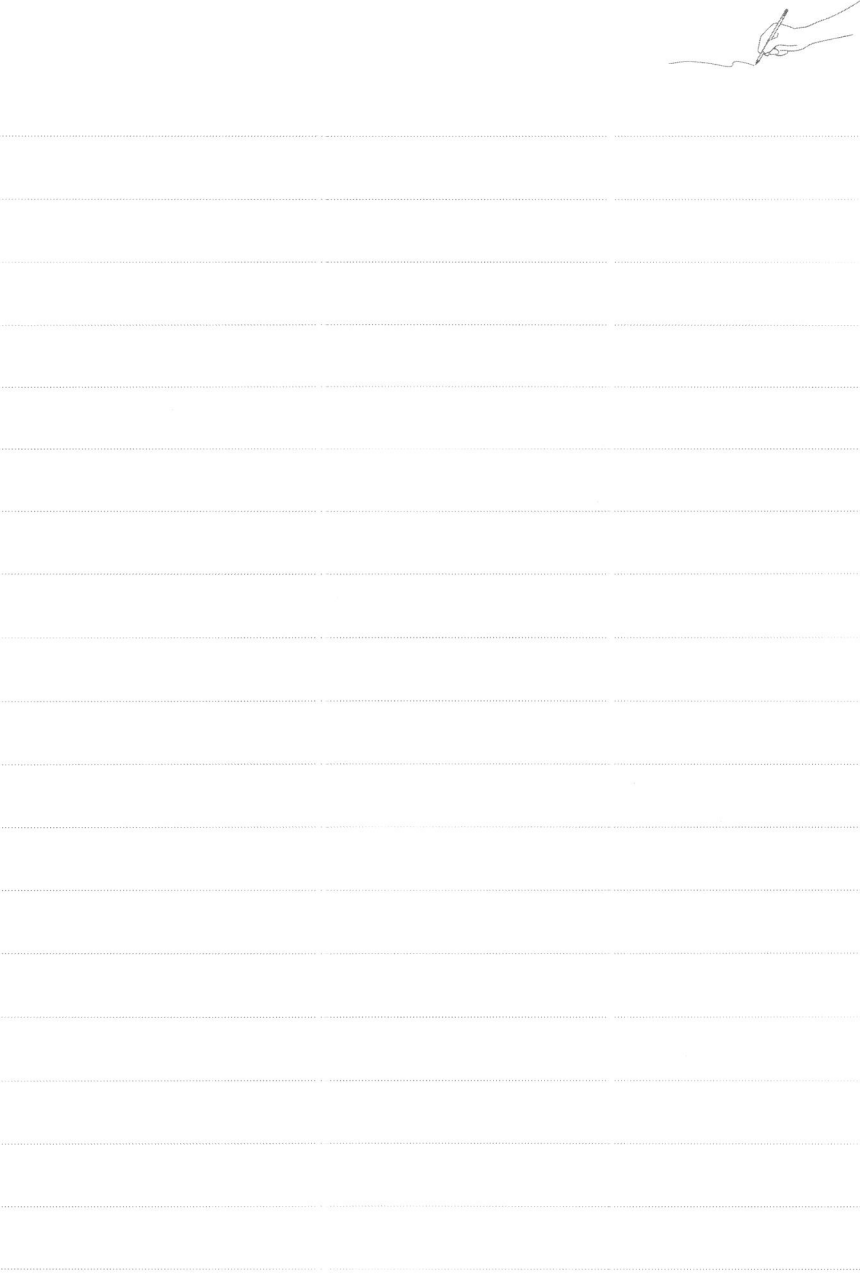

"연세가 어떻게 되시는데요?"

나는 정확한 나이를 몰라서 "꽤 되셨습니다." 하고만 대꾸했다.

그러고 나서 그는 말을 하지 않았다. 뒤를 돌아보니 페레 씨가 한 오십 미터 정도 뒤처져 따라오고 있었다. 이번엔 원장을 바라보니 불필요한 몸짓 없이 아주 점잖게 걷고 있었다. 이마 위로 땀이 맺혔지만 닦을 생각도 하지 않았다.

내가 보기엔 장례 행렬이 조금 빠른 듯했다. 주위는 시종일관 햇빛으로 가득 차 눈부시게 빛나는 벌판이 있을 뿐이고, 햇볕은 도저히 견딜 수 없이 뜨거웠다. 그러다가 어느새 최근에 새로 포장한 길로 들어섰는데 아스팔트가 햇볕을 받아 녹아서 흐물흐물했다. 발이 푹푹 빠졌다. 아스팔트가 벌어지면서 진득한 콜타르가 번쩍거렸다. 영구차 위로 보이는 운전사의 빛나는 가죽 모자는 마치 이 아스팔트를 빚어서 굳힌 것처럼 보였다. 푸르고 흰 하늘과 갈라진 아스팔트의 끈적이는 검은색, 사람들이 입은 상복의 음울한 검은색, 니스 칠한 영구차의 검은색 등 단조롭기만 한 색깔들 사이에서 나는 머리가 좀 어지러웠다.

햇빛, 가죽 냄새, 니스 냄새, 영구차에서 풍기는 말똥 냄새, 향냄새, 부족한 잠으로 인한 피로감, 이 모든 것들이 내 눈과 머리를 어지럽게 만들었다. 다시 한 번 뒤를 돌아보았다. 무더위 속에서 페레 영감이 아득하게 보이더니 이내 보이지 않았다.

찾아보니, 그가 도로에서 벗어나 들판을 가로질러 가는 게 보였다. 조금 더 가면 길이 구부러져 있으니, 이 지역을 잘 아는 페레가 우리와 보조를 맞추기 위해 지름길로 가고 있다는 것을 깨달았다. 길이 구부러진 곳에서 그는 우리와 만났지만 금세 또 보이지 않았다.

그는 다시 벌판을 가로질러 가기를 여러 차례 되풀이했다. 나는 관자놀이에서 피가 뛰는 것을 느꼈다.

그다음에는 모든 게 빠르고 확실하고 자연스럽게 흘러가서 내 기억에 남는 게 없다. 다만 한 가지, 마을 어귀에서 담당 간호사가 내게 했던 말은 생각이 난다.

"천천히 가면 일사병에 걸릴 위험이 있거든요. 그렇다고 너무 빨리 걸어도 땀으로 흠뻑 젖으니 성당에 들어갔을 때 오한이 날 수도 있답니다."

그녀는 얼굴과 어울리지 않게 매끄럽고 떨리는 특이한 목소리로 말했다. 그녀의 말이 옳았다. 달리 뾰족한 수가 없었다.

아직도 그날 본 몇몇 광경이 아직 내 머릿속에 남아 있다. 마을 근처에서 마지막으로 우리를 따라잡았을 때 페레의 얼굴이 그중 하나다. 그 뺨은 힘겨움과 신경질이 한데 섞인 눈물방울로 흥건했다. 하지만 주름살 때문에 더 이상 흘러내리지는 않고 얼굴 위에 퍼졌다가 다시 한데 모여 녹초가 된 얼굴에 니스 칠을 한 것처럼 번들거렸다.

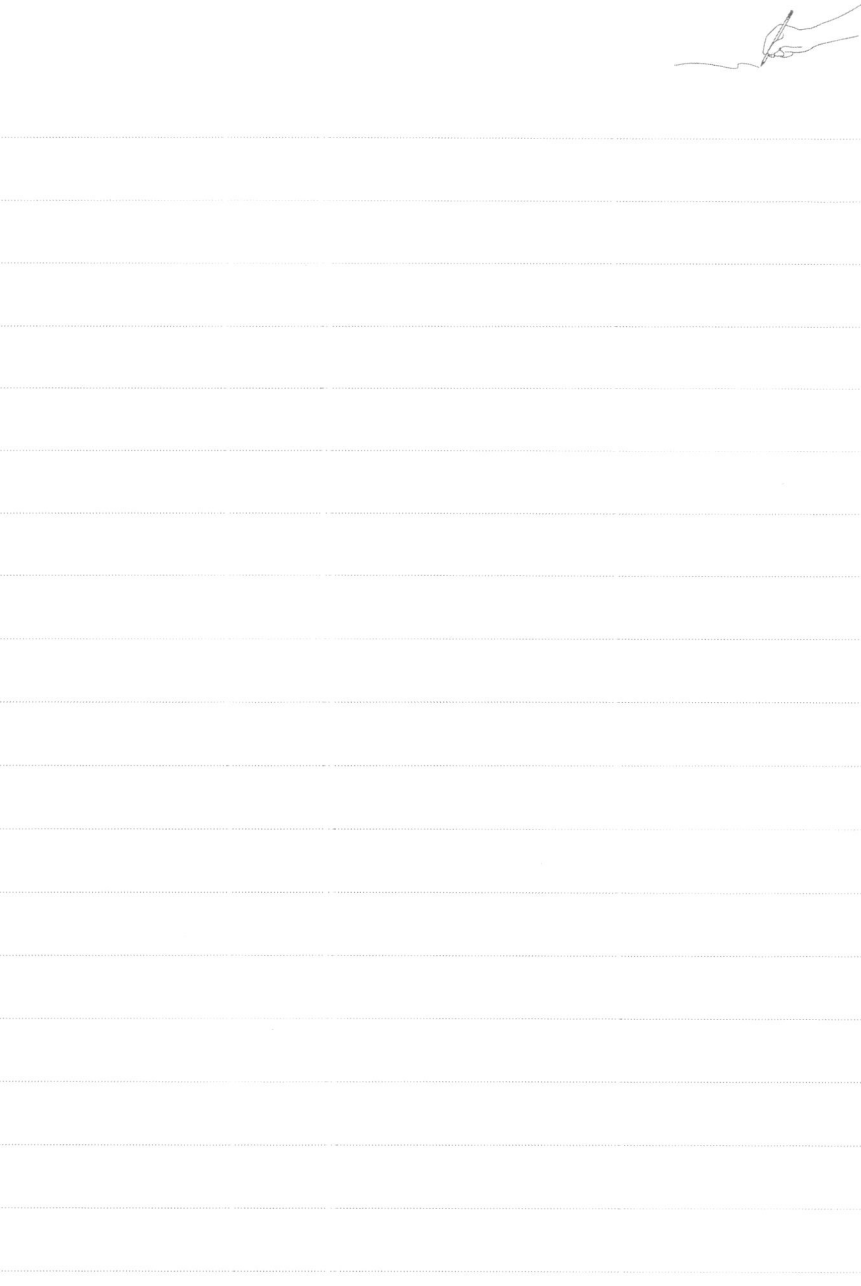

그리고 성당과 거리에 서 있던 마을 사람들, 묘지 위의 붉은 제라늄들과 마치 관절이 해체된 인형처럼 페레가 실신한 일, 어머니 관 위로 굴러 떨어지던 붉은 흙덩이, 그 속에 섞여 있던 하얀 나무뿌리들, 사람들, 목소리들, 마을, 어느 카페 앞에서의 기다림, 쉬지 않고 붕붕대던 엔진 소리, 마침내 버스가 '알제'라는 빛의 안식처 속으로 들어와 이제는 드러누워서 열두 시간 동안 실컷 잠을 잘 수 있겠다고 생각했을 때의 내 기쁨 같은 것들이 기억난다.

-2-

　잠에서 깬 뒤에야 나는 이틀 휴가를 냈을 때 사장이 왜 못마땅해 했는지를 알아냈다. 오늘이 바로 토요일이기 때문이었다. 여태 그걸 잊고 있었는데 잠에서 깨어나면서 그 생각이 문득 떠올랐다. 사장은 내가 이틀 휴가를 내면 일요일까지 모두 나흘 동안 쉴 것이라 생각했을 테니 당연히 그게 탐탁지 않았을 것이다. 그러나 엄마 장례식을 오늘이 아닌 어제 치른 게 내 탓도 아니고, 어차피 토요일과 일요일은 모두 쉬는 날이다. 하지만 사장의 마음을 이해 못하는 것은 아니다.

　어제의 일정으로 너무 지쳐서 일어나기가 힘들었다. 면도를 하면서 뭘 할까 생각하다가 수영을 하러 가기로 결심했다. 항구에 있는 해수욕장에 가기 위해 전차를 탔다. 도착하자마자 바로 물속으로 뛰어들었다. 젊은이들이 많았다. 물속에서 마리 카르도나를 만났다. 그녀는 우리 사무실에서 타이피스트로 일했었는데 그 당시에 나는 그녀가 마음에 들었고, 그녀도 그런 눈치였다. 하지만 얼마 뒤에 그녀가 그만두는 바람에 만날 기회가 없었다.

　그녀가 부표 위로 기어오르는 것을 거들어 주다가 그녀의 가슴을 스쳤다. 내가 아직 물속에 있는 동안 그녀는 벌써 부표 위에서 배를

깔고 엎드렸다. 그녀가 나를 향해 몸을 돌렸다. 그녀의 머리카락이 눈 위로 흘러내리자 그녀는 웃었다. 나는 부표 위에 있는 그녀 곁으로 갔다. 날씨가 좋았다. 나는 장난을 하듯 머리를 뒤로 젖혀 그녀의 배에 올려놓았다. 그녀가 아무 말이 없어서 계속 그러고 있었다. 온 하늘이 내 눈으로 들어오는 것 같았다. 푸른 데다 황금처럼 빛났다.

내 목덜미 아래 마리의 배가 조용히 오르락내리락하는 것을 느꼈다. 우리는 부표 위에서 반쯤 졸며 시간을 보냈다. 햇볕이 너무 뜨거워지자 마리가 물속으로 뛰어들었고 나도 뒤따라 들어갔다. 그녀 곁으로 따라가 허리를 감싸 안고 헤엄을 쳤다. 마리는 계속 웃었다.

"당신보다 내가 더 까맣게 탔어요."

둑 위에 올라가 몸을 말리는 동안 그녀가 말했다. 나는 저녁에 영화를 함께 보지 않겠느냐고 그녀에게 물었다. 그녀는 웃으며 페르낭델(프랑스의 1930~1950년대 대표 희극 배우_옮긴이)이 나오는 영화를 보면 좋겠다고 말했다. 우리가 옷을 모두 입었을 때 그녀는 내가 검은 넥타이를 맨 것을 보고 놀라면서 상을 당한 것이냐고 물었다. 나는 엄마가 죽었다고 대답했다. 언제 그런 일이 있었느냐고 하기에 어제라고 했다. 그녀가 놀라 뒤로 살짝 물러났지만 별다른 말은 하지 않았다. 그건 내 탓이 아니라는 말을 하고 싶었지만 사장에게 이미 그런 소리를 했던 게 기억나 그만두었다. 그런 말을 해 봐야 아무런 의미도

없었다. 어차피 사람들은 조금씩 잘못이 있기 마련이었다.

 마리는 저녁때가 되자 모두 잊어버렸다. 영화는 가끔 웃기기는 했지만 전반적으로 너무 시시했다. 마리는 내 다리에 자신의 다리를 기대고 있었다. 나는 그녀의 가슴을 어루만졌고 영화가 끝날 무렵 키스했지만 서투르게 하고 말았다. 영화관을 나와 그녀와 함께 집으로 왔다.

 잠에서 깼을 때 그녀는 이미 가고 없었다. 그녀는 숙모한테 가야 한다고 이야기했었다. 나는 일요일을 좋아하지 않기 때문에 오늘이 일요일이라는 것을 생각하자 기분이 나빠졌다. 그래서 침대에서 뒤척이다가 마리의 머리카락이 남긴 소금 냄새를 맡으며 열 시까지 내리 잤다. 깬 다음에도 여전히 침대에 누워 열두 시까지 담배를 피웠다. 평소처럼 셀레스트의 식당에 가서 점심을 먹는 게 내키지 않았다. 틀림없이 사람들이 질문을 해댈 테고 그게 너무 싫었기 때문이다. 나는 달걀을 구워 빵도 없이 먹어 치웠다. 빵이 떨어졌지만 가게로 사러 가는 게 싫었다.

 점심을 먹고 심심해져서 아파트 안을 서성였다. 엄마가 살아 있을 때는 적당한 아파트였는데 지금 내게는 너무 커서 식당에 있던 식탁을 내 방으로 옮겨다 놓았다. 나는 이제 이 방만 쓰며 약간 내려앉은 의자들과 누렇게 변색된 거울이 달린 옷장, 화장대, 구리 침대 사이에서만 지낼 뿐이다. 나머지는 그냥 내버려 두었다. 잠시 뒤에 뭐라도 해

보고자 묵은 신문을 펴 들었다. 거기서 크뤼셴의 소금 광고를 오려서는 신문에서 발견한 재미있는 것들을 모아 두는 낡은 공책에 붙였다. 나는 손을 씻은 뒤에 발코니로 나가 앉았다.

내 방은 교외 큰 도롯가에 있었다. 오후에는 날씨가 좋았지만 보도는 끈적거렸다. 오가는 사람들은 드물었고, 그나마 다니는 사람마저 빠르게 걸었다.

가장 먼저 지나간 것은 산책 가는 가족들이었다. 무릎까지 내려오는 짧은 바지에 해군복 차림을 한 두 소년은 풀기로 뻣뻣한 옷이 거북해 보였다. 그리고 커다란 분홍색 리본을 달고 검정 에나멜 구두를 신은 소녀, 그 뒤로 갈색 비단 원피스를 입은 엄청나게 뚱뚱한 어머니와, 키가 작고 굉장히 마른 그들의 아버지가 뒤따랐다. 내게 얼굴만은 익숙한 그는 밀짚모자에 나비넥타이, 지팡이까지 짚은 차림새였다. 아내와 함께 있는 그를 보니 동네 사람들이 그를 보고 점잖은 사람이라고 하는 이유를 알 것 같았다.

잠시 뒤에는 변두리에 사는 젊은이들이 지나갔다. 머리에 기름을 반지르르하게 발랐고, 붉은 넥타이에다 허리가 잘록한 양복에는 수놓은 손수건을 꽂았고, 코가 네모난 구두를 신고 있었다. 큰 소리로 웃으며 일찌감치 전차를 타려고 서두르는 것을 보니 시내로 영화를 보러 가는 모양이었다.

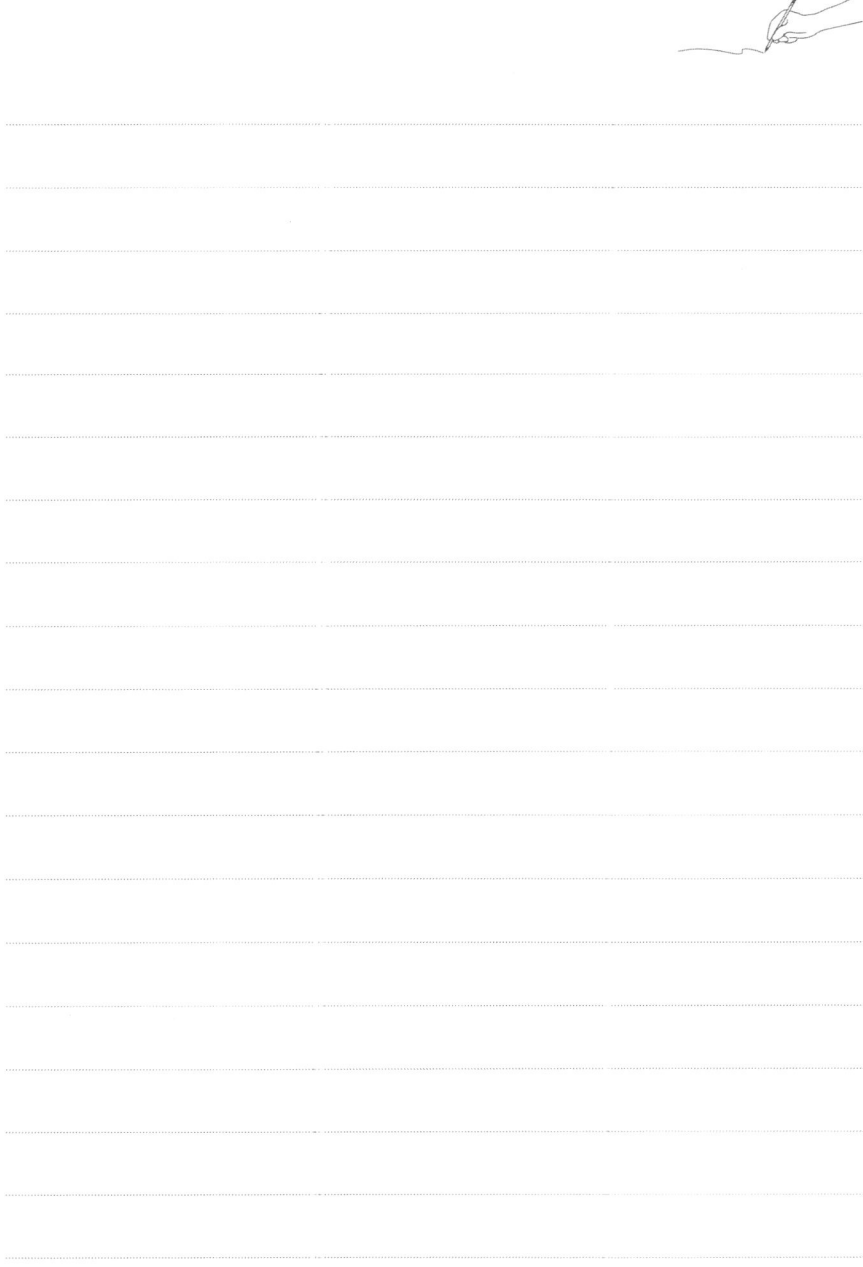

그들이 지나간 뒤에는 길에 다니는 사람이 드물었다. 아마도 곳곳에서 구경거리들이 시작된 모양이었다. 이제 거리에는 가게 주인들과 고양이들뿐이었다. 길가에 늘어선 무화과나무 위로 보이는 하늘은 맑았지만 광채는 없었다. 맞은편 거리에 있는 담배 가게 주인이 의자를 문 앞으로 들고 나와 거꾸로 타고 앉아서 등받이 위에 두 팔을 얹었다. 조금 전까지만 해도 터질 것처럼 꽉 찼던 전차도 지금은 텅 비어 있었다. 담배 가게 옆에 있는 조그만 카페 '피에로'에서는 웨이터가 텅 빈 가게를 쓸고 있었다. 한가로운 일요일 풍경이었다.

나는 담배 가게 주인처럼 의자를 돌려놓고 앉았다. 그게 더 편할 것 같았다. 담배를 두 대 피우고 방 안에 들어가 초콜릿을 한 조각 집어서 다시 창 앞에 나와 먹었다. 얼마 안 있어 하늘이 어두워졌다. 여름 소나기가 오려나 보다 생각했다. 그러다 곧 하늘은 다시 밝아졌다.

하지만 구름이 금방이라도 비가 올 것처럼 흐릿한 빛을 깔아 놓은 탓에 거리는 더욱 어두워 보였다. 나는 오래도록 하늘을 바라보았다.

다섯 시에 전차들이 요란한 소리를 내며 도착했다. 전차 발판이며 난간까지 매달린 구경꾼들을 교외의 경기장에서부터 싣고 온 것이었다. 그다음에 도착한 전차는 운동선수들을 싣고 왔다. 그들이 들고 있는 가방을 보니 알 수 있었다. 그들은 자기네 클럽이 결코 지지 않을 거라고 목이 터지도록 고함치고 노래를 불러 댔다. 몇몇은 내게 손짓

을 했다. 그들 중 하나는 내게 "우리가 이겼다고!" 하며 소리치기도 했다. 나는 잘 했다고 하며 고개를 끄덕여 주었다. 그때부터 버스들이 몰려들었다.

　해가 조금 더 기울어 지붕 위로 불그스름한 빛이 내렸다. 땅거미가 지면서 길거리는 활발해졌다. 산책 갔던 무리들이 돌아오고 있었다. 그 속에는 점잖다는 사람도 있었다. 어린아이들은 울거나 손목을 잡혀 끌려오거나 했다. 뒤를 이어 마을 영화관이 사람들을 한 바탕 쏟아냈다. 거기서 나온 젊은이들이 유난히 힘이 넘치는 행동을 하는 것을 보며 모험 영화를 봤을 거라고 생각했다. 시내에 있는 영화관에 다녀온 사람들은 조금 더 지나서 오기 시작했고 그들은 조금 전에 지나간 사람들보다 진지하고 심각한 표정이었다. 가끔은 웃기도 했지만 여전히 피로하고 생각에 잠긴 듯 보였다. 그들은 맞은편 인도에 남아서 어슬렁거렸다. 동네 젊은 아가씨들은 머리에 모자도 쓰지 않은 채 서로 팔짱을 끼고 서 있었다. 청년들이 기다렸다가 옆을 지나며 농담을 건네자 그녀들은 고개를 돌리고 깔깔댔다. 그중 내가 아는 몇몇 아가씨들은 내게 손짓을 했다.

　그때 갑자기 가로등이 켜져서 어둠을 밝히던 첫 별빛들이 희미해졌다. 사람들과 불빛이 번쩍이는 거리를 보고 있자니 눈이 피로해졌다. 가로등은 젖은 거리를 비추고, 전차들은 일정한 간격으로 사람들의

반짝이는 머리카락과 웃음 띤 얼굴, 은팔찌 위에 불빛을 비추며 지나갔다. 잠시 뒤에 전차가 점점 뜸해지고, 나무와 가로등 위로 밤이 내려앉자 거리는 차츰 텅 비어 갔다. 다시 거리가 적막해져 아까 그 고양이들만 길을 가로질러 다녔다. 그제야 나는 저녁 먹을 생각을 했다.

오랫동안 의자 등에 턱을 괴고 있었더니 목이 뻐근했다. 빵과 파스타 면을 사러 내려갔다 와서, 요리를 하고 선 채로 밥을 먹었다. 창가에서 담배를 피우려고 했지만 갑자기 추워진 것 같아 창문을 닫았다. 방 안으로 돌아오다가 본 거울 속 테이블 한 쪽 끝에는 알코올램프와 빵 조각이 놓여 있었다. 일요일은 다 지나갔고, 엄마의 장례식도 끝났고, 내일은 다시 일을 해야 하니 결국 달라진 것은 아무것도 없다는 생각이 들었다.

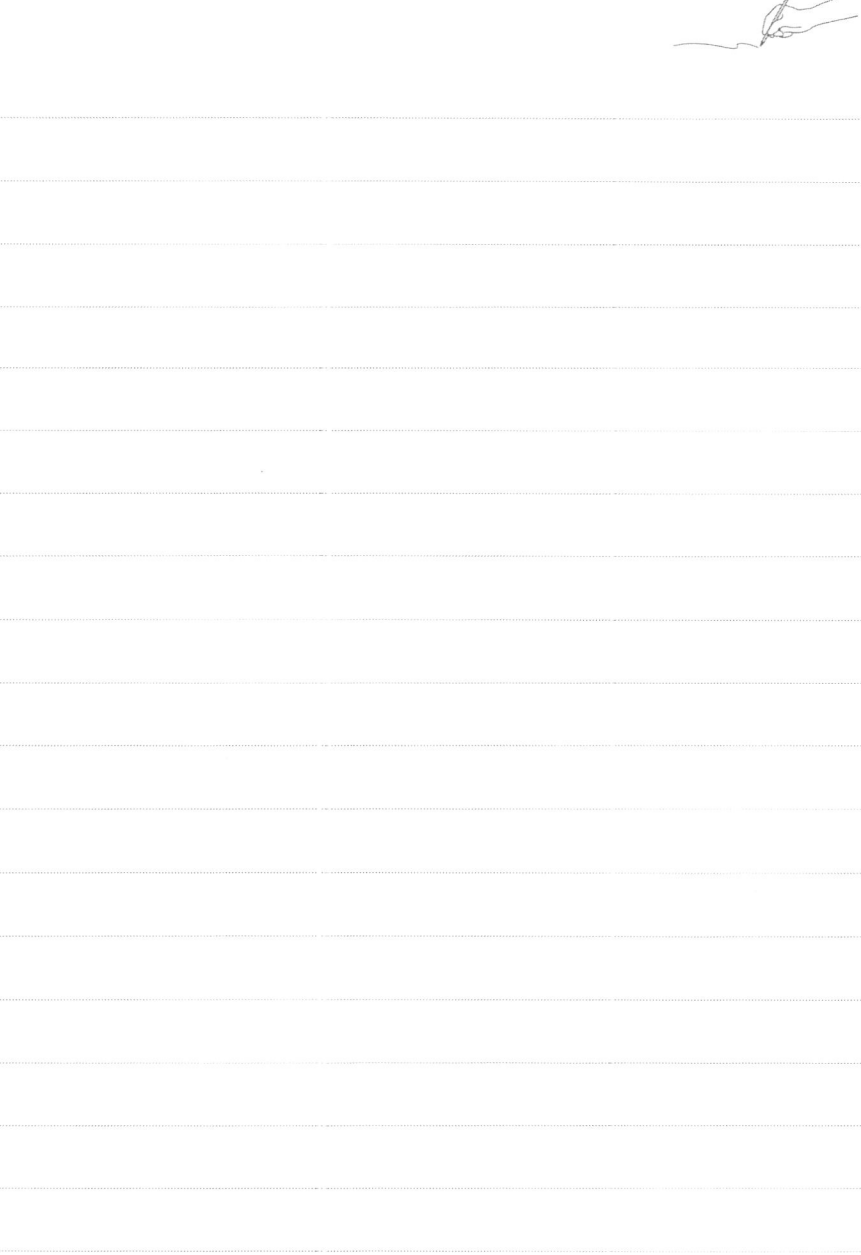

- 3 -

 오늘은 회사에서 일을 너무 많이 했다. 사장은 나에게 피곤하지는 않은지 물으며 친절히 대해 줬다. 그도 역시 엄마 나이를 알고 싶어 했다. 나는 틀린 대답을 하지 않으려고 "한 예순 살 정도 되셨어요."라고 말했다. 왠지 모르겠지만 안심한 듯한 눈치였고, 상황이 종료됐다는 생각을 하는 듯했다.
 책상 위에는 자세히 검토해야 할 선하증권이 수북하게 쌓여 있었다. 점심을 먹으러 사무실을 나가기 전에는 손을 씻는다. 나는 이 시간을 참 좋아했다. 저녁에는 두루마리 수건이 하루 종일 사용한 탓에 흠뻑 젖어 있어서 기분이 별로였다.
 어느 날 사장에게 그 문제를 말한 적이 있다. 그는 유감스럽게는 생각하지만 큰 문제는 아니라고 대답했다. 조금 늦은 열두 시 반에, 발송과에서 일하는 에마뉘엘과 함께 밖으로 나왔다. 사무실은 바다 쪽에 있었기 때문에 우리는 한동안 햇볕이 뜨겁게 내리쬐는 항구에서 화물선들을 바라보았다. 바로 그때 화물 트럭 한 대가 체인과 엔진 소리를 요란스레 내면서 달려왔다.
 "저기에 올라탈까?"

에마뉘엘이 묻자 나는 냅다 달리기 시작했다. 트럭이 우리를 지나쳤고 우리는 뒤쫓아 가느라 안간힘을 썼다. 소음과 먼지에 파묻혀 더 이상 아무것도 보이지 않았다.

수평선 위에서 춤추는 돛대와 부둣가를 따라 항해하는 배의 선체를 보면서, 내가 느낄 수 있는 거라곤 그저 기중기와 기계들 사이를 정신없이 돌진하는 것뿐이었다. 내가 먼저 차의 손잡이를 잡고 재빨리 뛰어오른 뒤에 에마뉘엘이 올라올 수 있도록 도와주었다. 우리는 숨이 턱까지 차서 씩씩댔다. 트럭은 먼지와 햇빛 가득한 부두의 울퉁불퉁한 도로를 덜컹대며 달렸다. 에마뉘엘은 숨이 넘어갈 듯 웃어 댔다.

우리는 땀으로 범벅이 된 채 셀레스트의 식당에 도착했다. 셀레스트는 여느 때처럼 하얀 수염을 기른 채 올챙이처럼 툭 튀어나온 배에 앞치마를 두르고 있었다.

"괜찮은 거지?"

그가 물었다. 나는 그렇다고 대답하고 배가 고프다고 말했다. 굉장히 빠른 속도로 식사를 마치고 커피를 마셨다. 식사 도중 포도주를 너무 많이 마신 탓에 집으로 돌아와 잠을 좀 잤고, 깬 뒤에는 담배를 피우느라 시간이 좀 늦어 전차를 타려고 뛰었다.

오후 내내 일을 했는데 사무실이 무척 더웠다. 퇴근하면서 부둣가를 따라 천천히 걸어 돌아올 때는 즐거웠다. 하늘은 푸르렀고 나는 기

분이 좋았다. 하지만 감자 요리를 만들려고 바로 집으로 돌아왔다.

어둑어둑한 층계를 오르다가 같은 층에 사는 살라마노 영감을 마주쳤다. 그는 개를 데리고 있었다. 그들은 팔 년 전부터 함께였다. 스패니얼 개는 습진인 듯 보이는 피부병을 앓고 있어서 털이 다 빠지고 온몸이 반점과 갈색 딱지로 뒤덮여 있었다.

조그만 방에서 그 개와 단둘이 오랫동안 살아온 탓인지 살라마노 영감도 개와 모습이 비슷해졌다. 그의 얼굴에도 불그죽죽한 딱지가 있고, 털도 누런 데다 드문드문 나 있다. 개는 주둥이를 앞으로 내밀고 목을 뻗치는 구부정한 자세를 주인에게서 배운 모양이었다. 그들은 마치 동족 같았는데도 서로를 미워했다.

영감은 오전 열 시와 오후 여섯 시, 하루에 두 번씩 개를 데리고 산책을 했다. 팔 년 전부터 산책 코스를 한 번도 바꾸는 법이 없었다. 언제나 리옹 거리에 가면 그들을 볼 수 있다. 개가 영감을 끌고 가다가 꼭 발부리에 뭔가 채여 살라마노 영감이 넘어질 뻔하면 영감은 개를 때리고 욕지거리를 퍼붓곤 했다.

개가 무서워하며 설설 기면 이번에는 영감이 개를 끌고 간다. 그러다 개가 그것을 잊어버리고 다시 앞장서서 주인을 끌어당기면 또 매를 맞고 욕을 들어야 한다. 그럴 때면 둘이 멈춰 선 채 영감은 미움에 떨고, 개는 무서움에 떨면서 서로 노려본다. 매일같이 반복되는 일이다.

개가 오줌을 싸고 싶어 해도 영감이 그냥 끌고 가니까 스패니얼 개는 찔끔찔끔 오줌을 싸면서 끌려간다. 간혹 개가 방 안에서 오줌을 싸기라도 하면 또 매를 맞는다. 그렇게 팔 년이 흘렀다. 셀레스트는 늘 '불쌍하다'고 하지만 실상은 누가 불쌍한지 아무도 알 수가 없다. 층계에서 그를 마주쳤을 때 살라마노는 개에게 또 욕을 하는 중이었다.

"빌어먹을 놈, 망할 놈!"

개는 끙끙거렸다.

"안녕하세요?"

내가 인사를 했는데도 영감은 계속 개에게 욕만 퍼부어 댔다. 그래서 나는 개가 무슨 잘못을 저질렀느냐고 물었다.

그는 대답 없이 그저 "빌어먹을 놈, 망할 놈!"이라는 욕만 계속해 댔다. 그는 개에게 몸을 숙이고 개목걸이 위의 뭔가를 만지작거리는 것 같았다.

"이놈이 늘 말썽을 부린단 말이야!"

내가 좀 더 큰 소리로 말하자 그는 고개도 돌리지 않고 화를 참는 것처럼 대답했다. 그런 뒤에 그는 네 발을 질질 끌면서 낑낑대는 개를 잡아끌고 가 버렸다.

바로 그 순간, 같은 층에 사는 다른 이웃이 들어왔다. 동네 사람들은 그가 여자들을 등쳐 먹고 산다고들 했다. 그에게 직업이 뭐냐고 물어

보면 '창고 감독'이라고 대답했다. 거의 모든 사람들이 그를 싫어했다. 그렇지만 그가 가끔 내게 말을 걸기도 하고, 내가 그의 말을 들어 주기도 해서 그가 내 방에 들어와 앉는 일도 있었다. 그의 이야기는 재미있었다. 게다가 그와 이야기를 나누지 말아야 할 이유도 없었다.

그의 이름은 레몽 생테스였고, 무척 작은 키에 딱 벌어진 어깨, 권투 선수 같은 코를 갖고 있었다. 그는 언제나 단정한 옷차림을 했다. 그도 살라마노에 대해 '불쌍한 사람'이라고 말하곤 했다. 살라마노와 그 개를 보면 역겹지 않느냐고 묻기에 나는 아니라고 대답했다.

층계를 다 올라와 헤어지려 할 때 그가 말했다.

"내 방에 소시지와 포도주가 있는데 같이 드실래요?"

나는 음식을 만들지 않아도 된다는 생각에 승낙했다. 그의 집도 역시 방이 하나, 창문도 없는 부엌 하나가 전부였다. 침대 위 벽에는 흰색과 붉은색 석고로 만든 천사상과 운동선수들의 사진, 여자 나체 사진이 몇 장 걸려 있었다. 방은 더러웠고 침대는 망가져 있었다. 그는 석유램프를 켜고 호주머니에서 꾀죄죄한 붕대를 꺼내 오른손을 싸맸다. 왜 그러느냐고 물었더니 어떤 녀석이 시비를 걸어서 싸움을 좀 했다고 대답했다.

"그게 말이죠, 뫼르소 선생, 내가 나쁜 게 아니라 다혈질이라 그렇습니다. 그놈이 내게 '진짜 남자라면 전차에서 내리시지.' 그러더라고요.

그래서 내가 '그만하지.' 하고 말했지요. 그놈이 나한테 남자답지 못하다고 하더군요. 그래서 내가 말했어요. '그만하는 게 좋을 거야. 아니면 쓴맛을 볼 테니.' 녀석이 '쓴맛이라고?' 하고 대꾸를 하는 거예요. 그래서 한 대 먹여 줬지요. 녀석은 나가떨어졌어요. 전 일으켜 주려고 했어요. 그런데 녀석이 땅에 엎어져서는 발길질을 하지 뭡니까. 그래서 무릎으로 한 번 찍고 주먹으로 두어 번 때려 줬지요. 녀석 얼굴이 피투성이가 됐더군요. 내가 그 녀석에게 이제 이만하면 됐느냐고 물었더니 그렇다고 하더군요."

이야기를 들려주면서 생테스는 계속 붕대를 감았다. 나는 침대 위에 앉아 있었다.

"그러니까 내가 싸움을 건 게 아니에요. 그 녀석이 시작한 겁니다."

그건 사실이었으므로 나는 그렇다고 인정해 주었다. 그러자 그는 내가 남자답고 세상 물정도 잘 아는 것 같으니 자기를 도와줄 수 있을 거라며 충고를 해 주길 바랐다. 그렇게만 해 준다면 친구가 되겠다고 말했다. 나는 대답을 하지 않았다. 그는 다시 내게 자기와 친구가 되고 싶으냐고 물었다. 내가 괜찮을 것 같다고 말하니 만족하는 눈치였다.

그는 아무 말 없이 소시지를 꺼내 화덕에 굽고는 컵, 접시, 포크와 포도주 두 병을 꺼내 놓았다. 자리를 잡고 앉아 먹으면서 그는 조금 망설이며 자기 이야기를 꺼내기 시작했다.

"어떤 여자를 알게 됐어요…… 내 정부라고나 할까요."

그와 싸움을 한 남자는 그 여자 오빠였고, 그가 여자의 생활을 돌봐 준다는 얘기도 했다. 내가 대꾸도 안 했는데 그는 이야기를 이어갔다. 동네 사람들이 뭐라는지 알고 있지만 양심에 거리낄 건 없을 뿐더러 자기는 창고 감독일 뿐이라고 했다.

"아까 얘기 말입니다. 내가 속고 있다는 걸 알게 됐어요."

그는 여자에게 먹고살 만큼만 생활비를 대 주고 있었다고 했다. 손수 여자 방세를 내 주고 하루에 이십 프랑씩 식비를 주고 있었다.

"방세 삼백 프랑, 식비 육백 프랑에 가끔씩 스타킹도 사 주고 하느라 천 프랑 정도 들었어요. 그런데 그 여자는 일도 하지 않으면서 내게 하는 말이 그것으로는 겨우 입에 풀칠이나 할까 말까 하니 도저히 생활이 안 된다는 거예요. 내가 말했죠. '반나절만이라도 일을 좀 하는 게 어때? 그럼 자잘한 비용 같은 건 나오잖아. 이 달에 옷도 한 벌 사 주었고 하루에 이십 프랑씩 용돈도 주고 방세도 치러 줬잖아. 당신은 오후에 친구들 만나서 커피도 마시지. 커피나 설탕을 친구들한테 사 주는 건 당신이지만 돈은 내가 내는 셈이야. 당신한테 잘해 줬는데 당신은 내게 보답도 없어.' 내가 그렇게까지 말했는데도 그년은 계속 일도 안 하고 못 살겠다는 소리만 해 대는 거예요. 그러던 중에 내가 속고 있다는 걸 알게 된 겁니다."

그가 여자의 핸드백 속에서 복권 한 장을 발견하고는 어디서 났느냐고 물었으나 여자가 설명하지 못했다고 했다. 게다가 얼마 뒤에 여자의 방에서 전당표라는 '증거'를 확보했는데, 팔찌 두 개가 잡혀 있었다는 것이다. 그때까지 그는 그런 팔찌가 있는 줄도 몰랐다고 말했다.

"내가 속고 있었던 겁니다. 그래서 그 여자와 아예 관계를 끊었어요. 그러기 전에 그년을 실컷 패 줬죠. 그리고 사실대로 말해 줬어요. 너 같은 건 몸 파는 것밖에 할 줄 모르는 년이라고 말입니다. '내가 너한테 베푼 행복을 다른 사람들이 얼마나 부러워하는지 넌 몰라. 좀 지나면 얼마나 행복했었는지 알게 될 거다. 두고 봐.' 이렇게 말해 줬어요. 뫼르소 씨."

그는 피가 날 때까지 여자를 때렸지만 그 전에는 때린 적이 없었다고 했다.

"손을 댄 적은 있지만 살살 때린 거예요. 그럴 때면 그년은 늘 소리를 질러 댔어요. 내가 창문을 닫는 걸로 결국엔 끝을 내곤 했지만요. 하지만 이번엔 아주 본때를 보여 줘야 했어요. 그런데 속 시원할 정도로 벌을 주진 못했지 뭡니까."

그래서 그는 조언이 필요하다고 했다. 그는 램프의 그을음 때문에 심지를 조절하느라 말을 끊었다. 계속해서 그의 이야기를 들은 데다 포도주를 거의 일 리터나 마신 탓에 관자놀이가 마구 달아올랐다. 내

담배가 떨어져서 레몽의 담배를 피웠다. 마지막 전차가 지나가면서 거리에 남아 있던 소음도 함께 실어 갔다.

레몽이 이야기를 계속했다. 스스로도 난처하게 생각하는 건 그녀와의 정사에 미련이 남았다는 사실이다. 그러면서도 그녀를 벌주고 싶어 했다. 처음에 그는 그녀를 호텔로 데려다 놓고 '풍기단속반'을 불러들여 창녀로 기록대장에 오르게 할 생각을 했다. 친구들에게도 물어봤지만 딱히 좋은 방법을 찾지는 못했다.

사실 레몽도 내게 말했듯이 뒷골목에서 노는 친구들이 그런 것도 모르는 건 말이 안 되는 일이었다. 레몽이 그런 말을 하니 친구들이 여자 얼굴에 상처를 내는 건 어떠냐고 했지만 그는 그러고 싶지는 않았나 보다. 좀 더 생각해 봐야겠다고 하면서 내게 한 가지 묻고 싶은 게 있다고 했다. 그 전에 자기 이야기가 어땠느냐고 물었다.

나는 특별히 생각해 보지는 않았지만 흥미로웠다고 했다. 자기가 속고 있는 것 같으냐고 묻기에 생각해 보니 그런 것 같다고 했다. 그 여자를 응징하는 게 맞을지, 나라면 어떻게 하고 싶은지 물었다. 나는 어떻게 할지는 모르겠지만 그녀를 벌하고 싶은 마음은 이해가 된다고 대답했다.

나는 또 포도주를 마셨다. 그는 담뱃불을 붙인 뒤 자기 생각을 들려주었다. 그는 여자에게 '후회와 충격을 동시에 줄 수 있는' 편지를 쓴

다음 그녀가 돌아오면 함께 잠자리를 하고 '일이 끝나는 바로 그 순간'에 그녀의 얼굴에 침을 뱉고 밖으로 쫓아 버리겠노라고 했다. 나도 그렇게 하면 그녀가 벌을 제대로 받을 것 같다고 생각되었다. 그런데 레몽은 자기가 생각한 대로 편지를 쓸 수가 없을 것 같다며 나한테 편지를 대신 써 달라고 부탁했다. 내가 말이 없자 그는 지금 당장 그 편지를 쓰는 일이 귀찮으냐고 물었고 나는 그렇지 않다고 했다.

그는 포도주 한 잔을 더 마시더니 식은 소시지와 접시들을 옆으로 밀고는 탁자를 정성스레 닦았다. 그는 침대 옆 탁자 서랍에서 원고지 한 장, 노란 봉투, 붉은 나무로 만든 작은 펜대, 보랏빛 잉크가 든 병을 꺼냈다. 그가 여자 이름을 알려 주었는데 이슬람 여자였다. 나는 편지를 써 내려갔다. 되는 대로 쓰기는 했지만 레몽의 마음에 들게끔 하려고 애를 썼다. 그렇지 않을 이유도 없었기 때문이다. 그런 다음 큰 소리로 편지를 읽었다. 담배를 피우던 레몽은 고개를 끄덕이며 듣더니 다시 읽어 달라고 했다. 그는 아주 흡족해했다.

"자네가 세상 물정에 밝은 사람이란 걸 이미 알고 있었네."

처음에는 나한테 반말을 했다는 것을 알아차리지도 못했다.

"이제 자네는 내 진정한 친구야."라고 했을 때는 말을 놓았다는 것을 깨닫고 놀랐다. 그는 같은 말을 한 번 더 되풀이했고 나도 '그렇지.' 하며 맞장구를 쳐 주었다. 그의 친구가 된다고 해도 별 상관없는 일이

었고, 그는 정말로 내 친구가 되고 싶어 했다. 그는 편지를 봉했고 우리는 남은 술을 전부 마셨다. 잠시 말없이 담배만 피우며 앉아 있었다. 거리는 조용했고 자동차가 지나가는 소리만 간간히 들렸다.

"늦었군."

내가 말했고 레몽도 같은 생각이었다. 그는 시간이 빨리 간다고 했는데 어떤 의미에선 맞는 말이었다. 나는 졸렸지만 일어서기가 힘들었다. 내가 피곤해 보였는지, 레몽은 내게 정신을 차려야 한다고 말했다. 처음에는 무슨 소린지 몰랐다. 그는 엄마가 돌아가셨다는 소식을 들었다며, 어차피 한 번은 겪어야 할 일이라고 이야기했다. 나도 그렇게 생각했다.

나는 자리에서 일어났다. 레몽은 내 손을 꽉 붙잡고 사나이끼리는 언제나 서로 이해하는 거라고 말해 줬다. 그의 방에서 나와 문을 닫고 어두운 층계 위에 한동안 서 있었다. 조용한 건물 층계 아래서 올라오는 습하고 눅눅한 공기만 느껴졌다. 귓가에 울리는 맥박 소리 외에 아무것도 들리지 않았다.

나는 그대로 우두커니 서 있었다. 살라마노 영감 방에서 개가 끙끙거리는 소리가 들렸다.

-4-

 일주일 동안 일을 많이 했다. 레몽은 편지를 부쳤다고 전해 주었다. 나는 에마뉘엘과 함께 영화를 두 번 보러 갔다. 그는 항상 영화를 이해하지 못했는데 그럴 때마다 설명을 해 주어야 했다. 어제는 토요일이라 약속했던 대로 마리가 찾아왔다. 나는 붉고 흰 줄무늬의 아름다운 원피스를 입고 가죽 샌들을 신은 그녀에게 강한 욕정을 느꼈다. 탄력 있는 젖가슴이 훤히 비쳤고 햇볕에 그을린 갈색 얼굴은 꽃처럼 아름다웠다.

 우리는 버스를 타고 알제에서 몇 킬로미터 떨어진 어느 해변으로 갔다. 좌우에 바위가 솟아 있고, 해안선에는 갈대가 우거진 곳이었다. 네 시의 태양은 많이 뜨겁지는 않았지만 물은 따뜻했고 물결은 길게 퍼져 나른하게 흔들리고 있었다.

 마리가 물장난 하나를 알려 주었다. 헤엄을 치다가, 파도의 정점에서 입속에 물거품을 잔뜩 모은 뒤 이번에는 똑바로 누워서 하늘을 향해 뿜어내는 것이었다. 거품은 레이스가 되어 공중으로 사라지기도 하고 미지근한 보슬비처럼 얼굴 위로 떨어지기도 했다. 하지만 몇 번 하고 나니 입속이 짠 소금기로 얼얼해졌다. 그러자 마리가 내게 다가

와 물속에서 자신의 몸을 갖다 대고 키스했다. 그녀의 혀가 내 입술에 닿은 느낌이 산뜻했다. 그렇게 우리는 잠시 물결 속에서 뒹굴었다.

　해변으로 나와 옷을 갈아입는데 마리가 빛나는 눈으로 나를 바라보았다. 나는 그녀에게 키스했다. 그 순간부터 우리는 아무 말도 하지 않았다. 나는 그녀를 꼭 끌어안은 채 급히 버스를 잡아타고 돌아와 방 안에 들어서자마자 곧장 침대로 뛰어들었다. 열어 둔 창문으로 여름밤이 우리의 짙은 갈색 몸 위로 흘러들어와 상쾌했다.

　오늘 아침에는 마리와 함께였기 때문에 점심을 함께 먹으려고 고기를 사러 내려갔다. 올라오는 길에 레몽의 방에서 여자 목소리가 들려왔다.

　잠시 뒤에 살라마노 영감이 개를 혼내는 소리, 나무 층계 위에서 쿵쿵대는 발소리와 개가 발톱으로 긁어 대는 소리가 들리더니 이윽고 "빌어먹을 놈, 망할 놈!" 하면서 둘이 산책을 나갔다.

　영감 이야기를 마리에게 해 주었더니 웃었다. 내 파자마를 입고 소매를 걷어올린 채 웃는 그녀에게 또다시 욕정을 느꼈다.

　조금 뒤에 그녀는 자기를 사랑하느냐고 물었다. 그런 건 별 의미 없지만 사랑하는 건 아닌 것 같다고 말해 주었다. 마리는 슬픈 표정을 지었다. 그렇지만 점심을 준비하면서 다시 깔깔대기에 그녀에게 키스했다. 바로 그때 레몽의 방에서 다투는 소리가 들렸다. 먼저 날카로운

여자 목소리가 들리더니, 레몽의 소리가 들렸다.

"네가 나를 속였단 말이지. 나를 속이면 어떻게 되는지 알려 주마."

이어 때리는 듯한 소리와 여자의 비명 소리가 들려왔다. 그 소리가 얼마나 날카로웠던지 계단 가득 사람들이 모여들었다. 마리와 나도 밖으로 나갔다. 여자는 여전히 소리를 지르고 레몽이 때리는 소리도 계속해서 들렸다. 마리는 끔찍하다는 말을 했지만 나는 아무 말도 하지 않았다. 그녀가 내게 경찰을 불러오라 했지만 나는 경찰이 싫다고 말했다.

그러나 삼 층에 세 든 사람이 경찰과 함께 들어왔다. 경찰이 문을 두드렸지만 아무 소리도 들리지 않았다. 좀 더 세게 두드리자 여자가 울더니 이번에는 레몽이 담배를 물고 부드러운 표정을 지으며 문을 열었다. 여자가 뛰어나와 레몽이 때렸다고 경찰에게 말했다.

"이름이 뭐야?"

경찰이 물었고 레몽이 이름을 말했다.

"나한테 말할 때는 담배를 빼."

경찰이 말하자 레몽은 망설이듯 나를 보더니 오히려 담배를 빨아들였다. 그러자 경찰이 두껍고 큰 손바닥으로 레몽의 뺨을 있는 힘껏 때렸다. 담배가 몇 미터 떨어진 곳으로 날아갔다. 레몽은 얼굴빛이 변했지만 아무 말도 하지 않았다. 그러더니 갑자기 공손해진 목소리로 꽁

초를 주위도 괜찮겠느냐고 경찰에게 양해를 구했다. 경찰은 그러라고 하면서 한마디 덧붙였다.

"다음부터는 경찰이 허깨비가 아니라는 걸 알아 둬."

그러는 동안에도 여자는 줄곧 울음을 그치지 않았다.

"날 때렸어요. 이 작자는 뚜쟁이예요."

여자가 몇 번이나 되풀이했다.

"경찰 나리, 남자한테 뚜쟁이라는 말을 해도 된다는 법이 어디 있습니까?"

레몽이 물었다. 하지만 경찰은 그에게 입 닥치라고 호통을 쳤다.

"두고 봐, 이 망할 것! 또 보자."

레몽이 여자를 보며 말했다. 경찰은 또다시 레몽에게 입 닥치라고 말한 뒤 여자에게는 가도 좋다고 하고, 레몽은 들어가서 경찰서로 소환될 때까지 기다리라고 말했다. 그는 또 레몽에게 몸이 떨릴 정도로 술에 취한 걸 부끄럽게 생각하라고 덧붙였다.

"경찰 나리, 저는 취한 게 아니에요. 그저 나리님 앞에 서 있으니 떨릴 뿐이지요. 제가 별 도리가 있겠습니까?"

레몽이 그에게 변명했다. 경찰은 문을 닫아 버렸고 구경꾼들도 흩어졌다. 나와 마리는 점심 준비를 마쳤지만 그녀가 입맛이 없다고 해서 나 혼자 거의 다 먹었다. 마리는 한 시에 돌아갔고 나는 조금 더 잤다.

세 시쯤 되어 문을 두드리는 소리와 함께 레몽이 들어왔다. 나는 계속 누워 있었다. 그는 내 침대 끝에 한참을 말없이 앉아 있었다. 나는 어떻게 된 일인지 물었다. 그는 계획대로 했는데 여자가 따귀를 때리는 바람에 두들겨 패 준 것뿐이라고 했고, 그 뒤는 내가 본 대로였다. 이젠 여자가 혼쭐이 났을 테니 만족하겠다고 그에게 말했더니 그렇다고 대답했다. 그는 아무리 경찰이 뭐라고 해도 여자가 얻어맞았다는 사실은 변함이 없으리라고 했다. 또 자기는 경찰들이 어떤 인간들인지 이미 알고 있고 어떻게 다뤄야 할지도 안다고도 했다. 그러고는 경찰이 따귀를 때릴 때 자신이 응수할 거라고 생각했느냐고 물었다. 나는 아무 생각도 하지 않았으며 경찰이라는 것 자체를 좋아하지 않는다고 말했다.

레몽은 매우 만족한 눈치를 보이더니 함께 나가지 않겠냐고 했다. 나는 일어나서 머리를 빗었다. 레몽은 내가 그의 증인이 되어 주었으면 했다. 나는 아무래도 괜찮긴 했지만 무슨 말을 해야 하는 건지 알 수가 없었다. 레몽의 생각으로는 여자가 그에게 버릇없이 굴었다는 말이면 충분할 거라고 해서 그의 증인이 되어 주기로 했다.

우리는 밖으로 나갔고 레몽은 내게 브랜디 한 잔을 사 주었다. 당구 한 판을 쳤는데 아슬아슬하게 내가 졌다. 그가 여자들이 있는 술집에 가자고 했지만 그런 건 싫어서 거절했다. 우리는 천천히 집으로 돌아

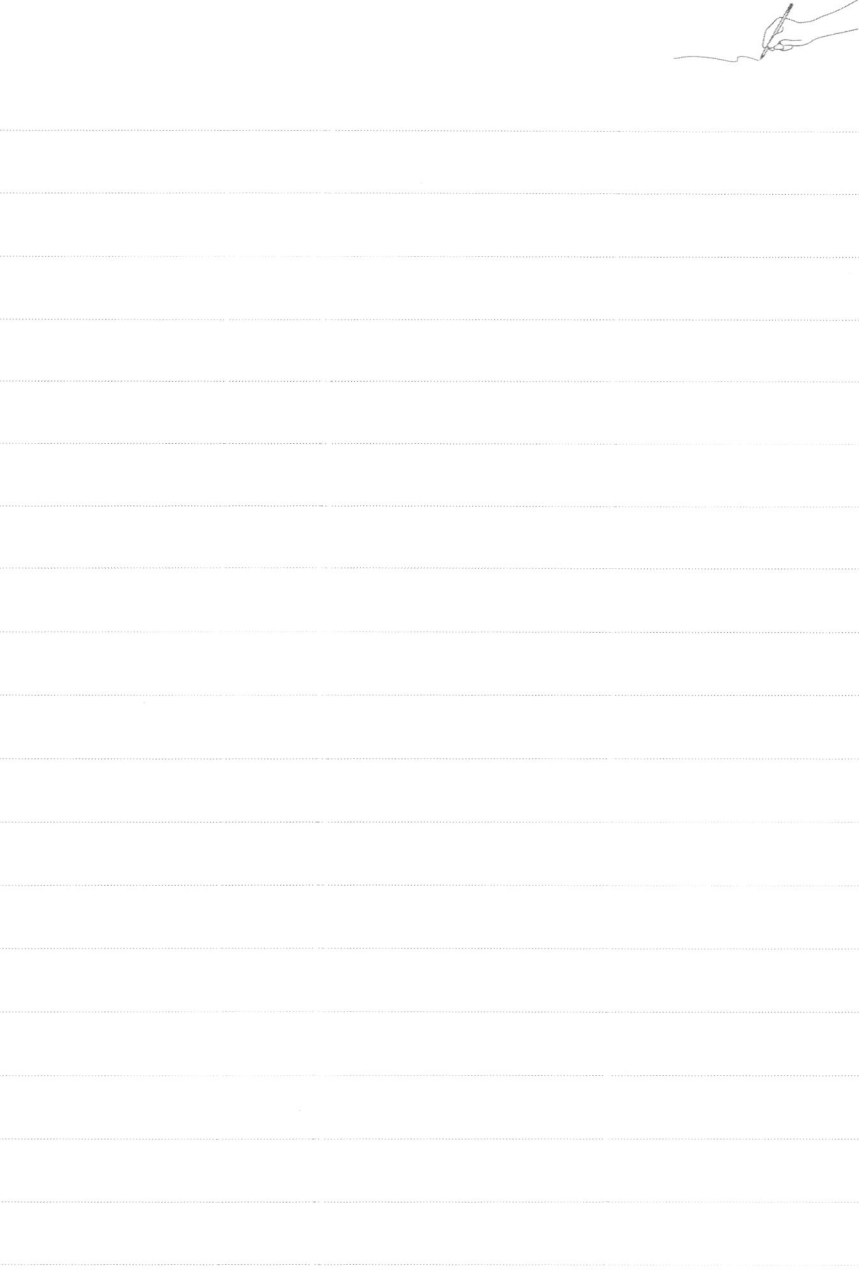

왔다. 레몽은 정부에게 제대로 복수해 줬다는 사실이 얼마나 만족스러운지 이야기했다. 그는 내게 다정하게 대해 주었고 나는 그 시간이 행복했다.

멀리서부터 살라마노 영감이 흥분한 듯 문간을 서성대는 게 보였다. 가까이 가 보니 그의 옆에 개가 보이지 않았다. 그는 이리저리 둘러보고 빙글빙글 돌고, 컴컴한 복도를 들여다보며 이상한 말들을 중얼거리더니 충혈된 작은 눈으로 다시 두리번거리며 길을 내다보기도 했다. 레몽이 그에게 무슨 일이냐고 물어도 대답을 하지 않았다.

"빌어먹을 놈! 망할 놈!"

이렇게 중얼거리며 계속해서 어쩔 줄 모르고 서성댔다. 개가 어디 있느냐고 내가 물으니 그는 개가 불쑥 달아났다고 말했다. 그러더니 벌컥 말을 쏟아 냈다.

"오늘도 여느 때처럼 '연병장'에 데리고 갔지. 노점들 주위로 사람들이 많이 몰려 있더군. '탈주왕(脫走王)'이라는 간판을 보려고 잠시 멈췄다가 보니까 그놈이 없어졌지 뭐야. 물론 옛날부터 그놈한테 작은 목걸이를 사 주려고 생각은 하고 있었는데, 그 망할 놈이 도망쳐 버릴 거라고는 생각도 못했단 말일세."

그러자 레몽이 개가 아마 길을 잃은 모양인데 언젠가는 돌아올 거라고 말했다. 주인을 찾아 수십 킬로미터나 걸어온 개 이야기도 들려

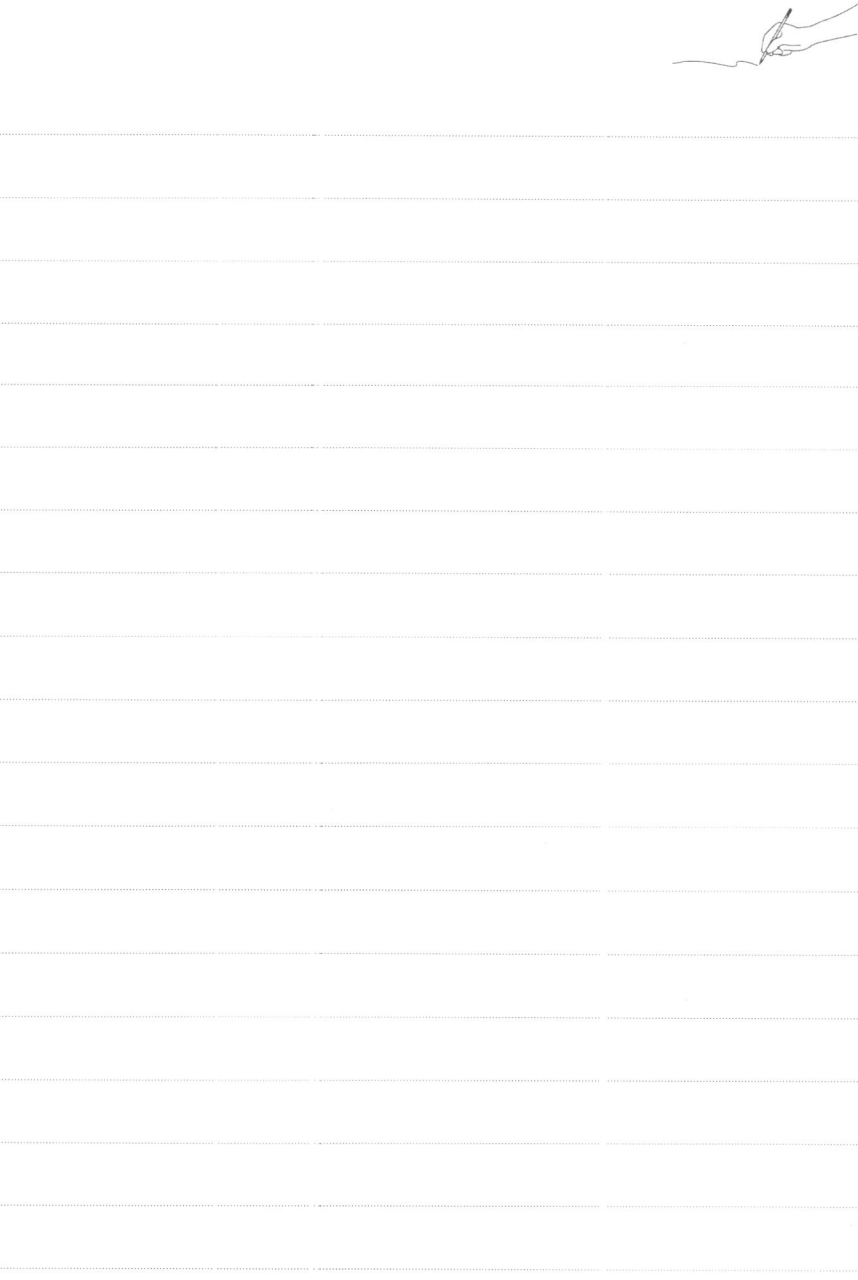

주었다. 그랬는데도 영감은 오히려 더 흥분하며 말했다.

"그렇지만 잡혀가고 말 걸세. 누가 그걸 갖다 기른다면 또 모르지만 절대 그런 일은 없을 거라고. 그렇게 헌 데다가 부스럼투성이 개를 누가 좋아할까! 경찰들이 잡아가고 말 거야. 틀림없어."

나는 경찰서의 동물보호소에 가서 수수료를 얼마 정도 내면 개를 찾을 수 있다고 했다. 영감이 비싸냐고 묻기에 나는 자세한 것은 모른다고 대답했다. 그러자 영감이 드디어 화가 났다.

"에이, 빌어먹을 놈 때문에 돈을 내야 한다니. 죽어 버리라지!"

레몽은 웃으며 층계를 올라갔고 나도 뒤를 따라가다가 우리는 층계참에서 헤어졌다. 잠시 뒤에 영감의 발소리가 들리더니 그가 내 방문을 두드렸다. 문을 열어 주니까 잠시 문간에 서 있다가 "미안합니다. 미안합니다." 소리만 계속했다. 들어오라고 했으나 여전히 구두코를 내려다보면서 딱지투성이 손을 떨기만 했다.

"개를 빼앗을까요, 뫼르소 선생? 돌려주겠죠? 그렇지 않으면 내가 어떻게 살겠어요?"

그는 나를 보려고 하지도 않은 채 물었다. 그래서 동물보호소에서는 길 잃은 개를 사흘 동안 매어 두고 주인이 찾아갈 수 있게 하는데 사흘이 지난 뒤에는 적당히 처분한다고 알려 주었다. 그는 아무 말 없이 나를 쳐다보았다.

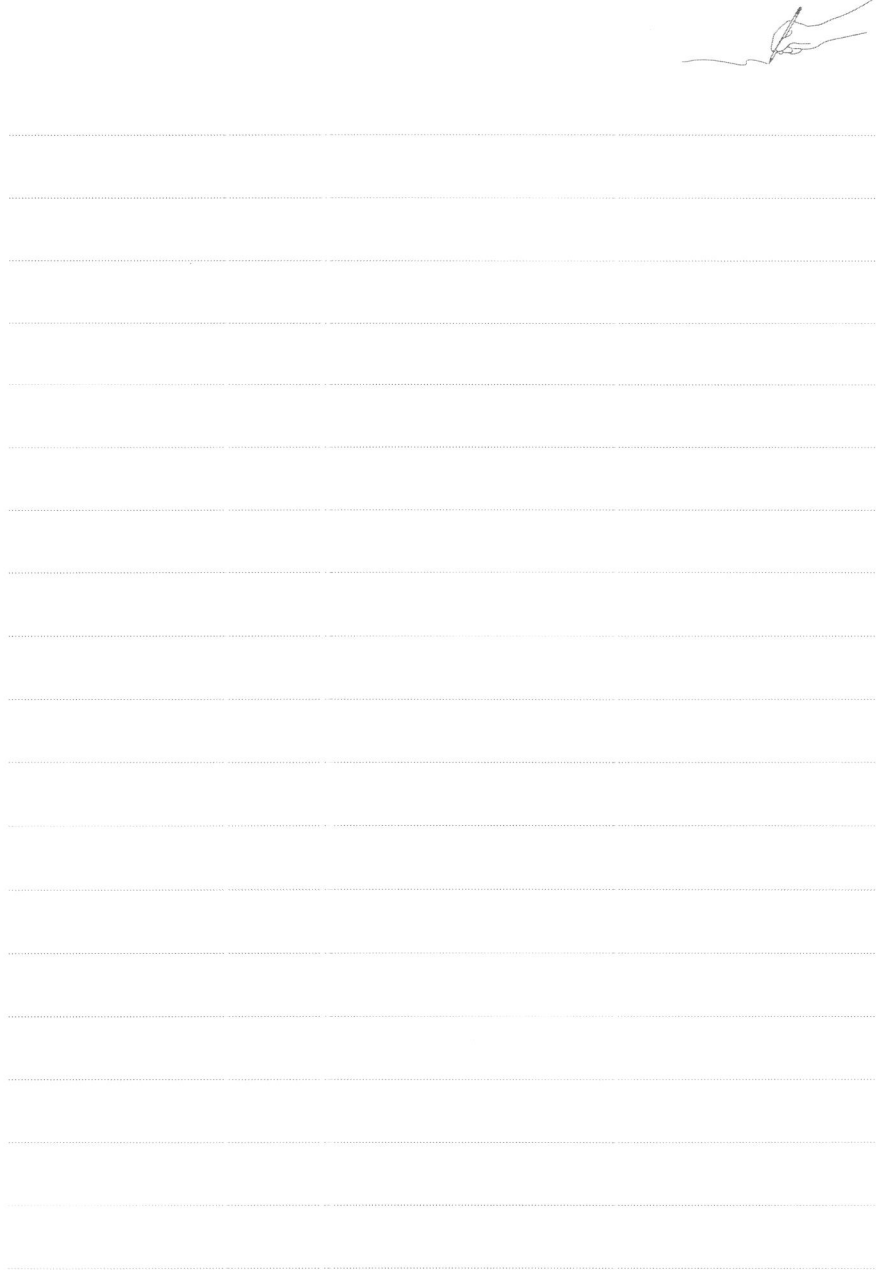

"안녕히 주무세요."

영감은 자기 방문을 닫았고, 이윽고 방 안에서 왔다 갔다 하는 발소리가 들렸다. 영감의 침대가 삐걱거렸다. 벽 너머로 조그맣고 괴상한 소리가 나는 걸로 봐서 울고 있는 것 같았다. 왜 그랬는지는 모르겠지만 엄마 생각이 났다. 그러나 이튿날 아침에 일찍 일어나야 했고 배도 별로 고프지 않아 저녁도 굶은 채 잠자리에 들었다.

-5-

   레몽이 회사로 전화를 했다. 그의 친구에게 내 이야기를 했는데 그 친구가 이번 일요일에 알제 근처 조그만 별장으로 나를 초대했다는 것이었다.
   나는 그러고는 싶은데 여자친구와 약속이 있다고 했다. 그러자 곧 레몽은 여자친구와 함께 오라고 했다. 온통 남자들뿐이라 그녀가 오면 그 친구 부인이 매우 좋아할 거라고 했다.
   사장이 밖에서 걸려 오는 전화를 싫어하기 때문에 얼른 통화를 끝내려고 했는데 레몽이 조금 기다리라고 했다. 이 초대 이야기는 저녁에도 할 수 있는 것이지만 그것보다 다른 일을 한 가지 알려 주고 싶다고 했다. 아랍인 한 패에게 하루 종일 미행을 당했다는 것이었다. 그 중에는 지난 번 그 정부의 오빠도 있었다고 한다.
   "오늘 저녁 퇴근길에 집 근처에서 그 남자를 발견하면 내게 알려 주게."
   그가 이렇게 말하기에 알았다고 대답하고는 전화를 끊었다.
   잠시 뒤 사장이 나를 불렀다. 전화를 삼가고 열심히 일하라는 잔소리를 들을 것을 생각하니 짜증이 솟구쳤다. 그런데 막상 가보니 전혀

다른 이야기였다. 아직은 막연한 어떤 계획에 대한 것이었다.

파리에 출장소를 설치하고 현지에서 직접 큰 회사들과 거래를 하려는데 혹시 그쪽으로 갈 생각이 있는지 내 의견을 듣고 싶다는 것이었다. 그렇게 되면 파리에서 생활할 수 있고 일 년에 얼마 동안은 여행도 할 수 있다는 얘기였다.

"자넨 젊으니 그런 생활이 마음에 들 거라 생각하네."

나는 그렇기는 하지만 결국 마찬가지라고 말했다. 그러자 사장은 생활이 변한다는 것에 흥미를 느끼지 않냐고 물었다. 나는 사람이란 대개 생활을 바꾸기가 쉽지 않고, 어떤 생활이든 비슷비슷하며, 또 이곳에서 생활하는 것에 그렇게 불만이 있지도 않다고 대답했다.

그는 불만이 가득한 말투로 말했다. 나는 언제나 질문을 회피하는 데다가 야심도 없다며, 사업을 하는 데 있어서 아주 나쁜 태도를 지니고 있다는 것이다. 나는 다시 자리로 돌아왔다. 사장 심기를 건드리고 싶지는 않았지만 내 생활을 바꿔야 할 이유가 없었다. 아무리 생각해봐도 나는 불행하지 않았다. 학생 때에는 야심도 좀 있었다. 그러나 학업을 포기해야 했을 때 그런 것들이 중요하지 않다는 것을 너무 일찍 깨달았던 것이다.

저녁에 마리가 와서 자기와 결혼할 생각이 있느냐고 물었다. 나는 아무래도 상관은 없지만 그녀가 원한다면 결혼해도 괜찮다고 말했다.

그러자 그녀는 내가 자기를 사랑하는지 궁금해 했다. 나는 지난번에 말했던 것처럼 그건 아무 의미도 없지만 사랑하는 것 같지는 않다고 했다.

"그러면 왜 나랑 결혼할 생각을 하죠?"

마리가 말했다. 나는 다시금 그런 건 중요하지 않으며, 원한다면 결혼을 하면 된다고 설명해 주었다. 게다가 결혼을 하자고 한 것은 마리이고 나는 그저 승낙을 했을 뿐이라는 말을 해 주었다.

마리는 결혼이란 것은 아주 중대한 일이라고 나를 나무랐다. 나는 아니라고 했다. 그녀는 한동안 말없이 나를 보았다. 그러더니 자기처럼 만난 다른 여자가 청혼을 해도 승낙을 했을지 물었다. 나는 물론이라고 대답했다. 그러자 마리는 자신이 나를 사랑하는지를 곰곰이 생각하는 모양이었다. 실제로 무슨 생각을 했는지는 알 수가 없었다. 잠시 또 침묵이 이어졌다. 그러다 그녀가 중얼거렸다. 내가 아주 이상한 사람이고, 그 때문에 자기가 나를 사랑하는 것일 수도 있지만 같은 이유로 내가 싫어질 때가 올지도 모르겠다는 이야기였다.

할 말이 없어 잠자코 있었더니 마리가 웃으면서 내 팔을 잡고는 결혼하고 싶다고 말했다. 나는 언제든 그녀가 원하기만 한다면 결혼을 하자고 했다. 그런 다음 사장이 했던 제안을 이야기해 주니까 그녀는 파리를 알고 싶다고 말했다. 내가 잠시 파리에 산 적이 있다고 말했더

니 어땠냐고 물었다.

"더럽지. 비둘기들과 컴컴한 정원뿐이야. 사람들은 모두 허옇고 말이야."

내가 대답했다.

우리는 마을 큰길가를 거닐었다. 나는 여자들이 아름답다고 마리에게 얘기했다. 마리는 수긍을 하면서 내 말을 이해할 수 있을 것 같다고 말했다. 얼마 동안 우리는 말이 없었다. 그녀와 함께 있기를 원했기에 셀레스트의 식당에 저녁을 먹으러 가자고 했다. 그랬더니 그녀도 그러고는 싶지만 볼일이 있다고 말했다. 집 근처에서 작별인사를 했는데 그녀가 가만히 내 눈을 바라보았다.

"무슨 볼일인지 궁금하지 않아요?"

나도 궁금했지만 그걸 굳이 물어보고 싶지는 않았다. 그녀가 나무라듯 쳐다보아서 난처한 표정을 짓자 다시 웃더니 느닷없이 달려들어 키스를 했다.

내가 셀레스트의 식당에서 저녁을 막 먹기 시작했을 때 키가 작고 묘한 여자가 들어와 내 테이블에 앉아도 좋으냐고 물었다. 나는 물론이라고 했다. 앙증맞은 몸짓과 사과 같이 작은 얼굴에 빛나는 눈이 인상적이었다. 그녀는 재킷을 벗고 앉은 뒤 열심히 메뉴를 살폈다. 그러더니 셀레스트를 불러 빠르고 똑 부러진 목소리로 요리를 주문했다.

그런 다음 전채 요리를 기다리면서 핸드백을 열어 작은 종잇조각과 연필을 꺼내 미리 계산을 한 후 지갑에서 팁까지 합한 금액을 자기 앞에 내놓았다. 전채 요리가 나오자 서둘러 삼켰다. 다음 요리를 기다리며 또 핸드백에서 푸른 연필과 일주일치 라디오 프로그램이 실린 잡지를 꺼내더니 거의 모든 방송에 하나하나 정성스레 표시를 했다. 그녀는 식사를 하는 내내 열 페이지가 넘는 잡지에 세심하게 그 일을 계속했다.

내가 식사를 마친 뒤에도 그녀는 여전히 표시하는 데 열중했다. 드디어 그녀가 일어나 로봇처럼 정확한 몸짓으로 재킷을 걸치고 밖으로 나갔다. 딱히 할 일도 없어서 나는 한동안 그녀의 뒤를 따라갔다. 그녀는 믿기 힘들 정도로 빠르고 정확하게, 뒤도 돌아보지 않고 보도의 가장자리를 따라 걸어갔다. 결국 그녀가 어디로 갔는지 알 수가 없어서 되돌아오고 말았다. 이상한 여자라고 생각했지만 금세 잊어버렸다.

방문 앞에서 살라마노 영감을 만났다. 들어오라고 했더니 동물보호소에 가 봤는데 거기에 없는 걸 보면 잃어버린 게 분명하다고 했다. 그곳 직원들이 어쩌면 개가 차에 치였을지도 모른다는 얘기를 하더라는 것이었다. 영감이 그들에게 경찰서에서는 그 개를 찾을 수 있겠느냐고 물었으나 그런 일은 날마다 일어나기 때문에 기록도 하지 않는다는 대답을 들었다고 했다. 나는 살라마노 영감에게 다른 개를 기르

면 되지 않느냐고 말했지만 그는 그 개와 정이 듬뿍 들었다는 걸 강조했다.

나는 침대 위에 웅크리고 앉았고, 살라마노 영감은 탁자 앞 의자에 나를 마주보고 앉아 두 손을 무릎 위에 놓고 있었다. 그는 낡은 중절모를 쓴 채 누런 수염 아래서 말을 씹듯이 중얼거렸는데 같이 있는 게 너무 불편했지만 별로 할 일도 없고 졸린 것도 아니었다. 무슨 말이든 해야 할 것 같아서 그의 개에 대해 물어보았다. 그는 아내가 죽은 뒤부터 개를 길렀노라고 했다. 꽤 늦은 나이에 결혼을 했고 젊을 때는 연극을 하고 싶어 했으며, 군대에 있을 때는 군인 희곡에 출연하기도 했다는 이야기를 들려주었다. 결국엔 철도국에 근무하게 되었지만 지금 연금을 탈 수 있으니 후회는 안 한다고 했다. 결혼 생활은 그다지 행복하지 못했지만 대체로 원만한 셈이어서, 아내가 죽고 나자 무척 외로웠다고 했다. 그래서 작업장에 있는 친구에게 개 한 마리를 부탁해서 강아지였을 때부터 데려와 우유를 먹여 길렀던 것이었다. 그리고 개가 사람보다 수명이 짧은 탓에 결국은 둘이 함께 늙게 되었다. 살라마노가 다시 입을 열었다.

"그놈 성미가 못돼서 가끔 싸우기도 했지만 그래도 좋은 개였습니다."

개가 순종이었던 것 같다고 영감에게 말해 주니 기분이 좋은 모양

이었다.

"게다가 말입니다, 병을 앓기 전에 그놈을 봤어야 하는 건데. 그놈 털이 기가 막혔거든요."

그가 덧붙였다. 개가 피부병을 앓게 되면서 영감은 아침저녁으로 연고를 발라 주었다. 그의 말에 따르면 그놈의 진짜 심각한 병은 '노화'이며 그건 어떻게 손을 쓸 수 없다는 것이었다.

그때 내가 하품을 하니까 영감이 가겠다고 했다. 나는 좀 더 있어도 된다고, 개가 그리 된 것을 정말 안됐다고 생각한다고 말했다. 그가 고마워했다. 그리고 내 엄마가 그 개를 굉장히 귀여워했다는 말을 해 주었다. 그는 엄마 이야기를 꺼내면서 '가엾은 당신 어머니'라고 불렀다.

엄마가 죽고 나서 마음 아프지 않느냐고 했지만 나는 대답하지 않았다. 그러자 그가 아주 어색한 얼굴로 빠르게 말했다. 동네에서는 내가 엄마를 양로원에 넣은 것을 좋지 않게 생각하는 사람들도 있지만, 그는 내가 어떤 사람인지를 알고 있고, 내가 엄마를 아주 많이 사랑했다는 것도 알고 있다고 말이다. 나는 동네 사람들이 나를 나쁘게 생각하고 있다는 것을 그때까지 몰랐으며 엄마를 잘 모실 만큼 충분한 돈이 없었기에 양로원에 넣은 게 최선이었다는 대답을 했다. 왜 내가 그런 대답을 했는지 아직도 모르겠다.

"게다가 엄마는 오래전부터 나와 나눌 만한 이야기가 없어서 심심

해하셨거든요."

내가 덧붙였다.

"그럼요, 적어도 양로원에서는 친구를 사귈 수 있거든요."

그가 둘러댔다. 자고 싶은 눈치였다. 그는 이제 자기 생활이 바뀌어서 어찌 해야 좋을지 모르겠다고 했다. 그를 알게 된 후 처음으로 그가 내게 조심스레 손을 내밀었다. 비늘같이 거칠거칠한 그의 피부가 느껴졌다. 그는 내게 슬며시 웃어 보이고는 방을 나서면서 이렇게 말했다.

"제발 오늘 밤은 개들이 짖지 않았으면 좋겠어요. 혹시 내 개가 아닐까 하는 생각이 들거든요."

-6-

    일요일은 일어나기가 쉽지 않다. 그래서 마리가 몇 번이고 내 이름을 부르며 나를 흔들어야 했다. 우리는 일찍부터 수영이 하고 싶어서 식사도 걸렀다. 속이 텅 빈 느낌인 데다가 머리까지 아팠다. 담배 맛도 씁쓸하게 느껴졌다. 마리는 내가 음침한 얼굴이라며 놀려 댔다. 마리는 흰색 옷을 입고 머리는 길게 풀어 헤쳤다. 예쁘다고 말했더니 웃으며 아주 좋아했다.

    내려오면서 레몽의 방문을 두드렸다. 레몽은 곧 내려오겠다고 했다. 길에 내려서자 이미 뜨겁게 달아오른 햇살에 따귀라도 맞은 듯 후끈했다. 피곤한데다가 간밤에 창문을 꼭꼭 닫고 있었던 영향이 컸다.

    마리는 기뻐서 경중경중 뛰면서 날씨가 좋다는 말을 자꾸 되풀이했다. 기분이 좋아지니까 배고픔이 몰려왔다. 마리에게 배가 고프다고 하니까 수영복과 수건이 들어 있는 방수 천 가방을 들어 보였다. 기다릴 수밖에 없었다.

    이윽고 방문을 닫는 소리가 들렸다. 레몽이 푸른 바지와 소매가 짧은 흰 셔츠를 입은 데다 밀짚모자까지 쓰고 나타나자 마리가 웃음을 터뜨렸다.

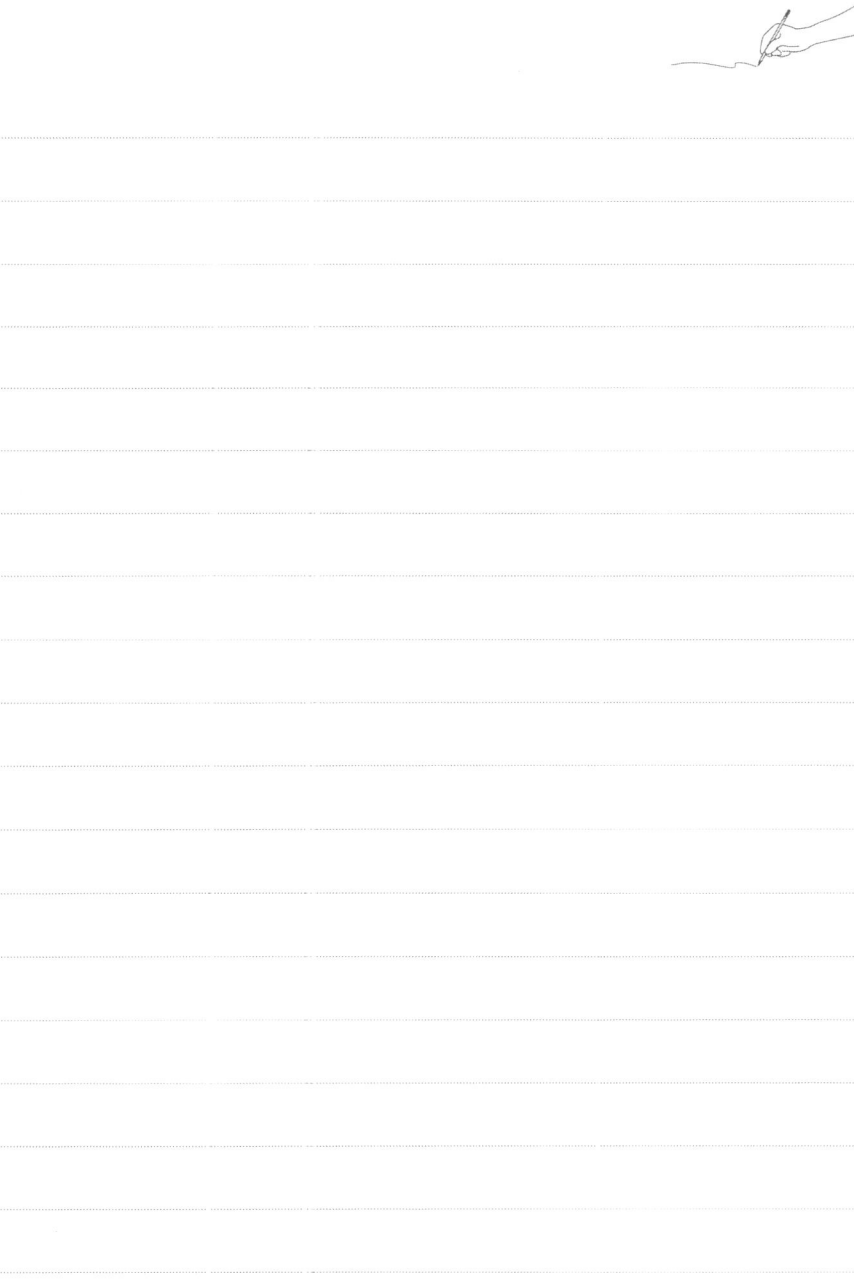

팔뚝은 허여멀건데 시커먼 털로 덮여 있어 흉측해 보였다. 그는 휘파람을 불며 굉장히 흡족한 표정으로 내려왔다.

"안녕, 친구."

내게는 이렇게 말하고 마리에게는 '아가씨'라고 불렀다.

어제 경찰서에 함께 가서 그 여자가 레몽에게 '버릇없이' 굴었다고 내가 증언을 해 주었다. 레몽은 경고만 받고 나왔고 내 증언을 트집 잡는 사람은 아무도 없었다.

문 앞에서 레몽과 그 얘기를 나눈 뒤 우리는 버스를 타기로 결정했다. 바닷가는 그다지 멀지 않지만 버스를 타면 조금이라도 빨리 갈 수 있기 때문이었다. 레몽은 자기 친구도 우리가 일찍 도착하면 좋아할 것이라고 생각했다.

우리가 출발하려고 할 때 갑자기 레몽이 길 건너편을 손으로 가리켰다. 담배 가게 진열장에 기대 서 있는 아랍인들 한 무리가 보였다. 그들은 마치 돌이나 혹은 죽은 나무를 보듯이 그저 묵묵히 우리를 바라보고만 있었다.

왼쪽에서 두 번째 놈이 바로 그 남자라고 레몽이 말해 주었다. 어지간히 신경이 쓰이는 모양이었지만 그러면서도 그건 이미 지난 이야기라고 말했다. 마리는 무슨 영문인지 몰라 무슨 일인지 물었다. 아랍인들이 레몽에게 원한이 있어서 그런다고 내가 대답해 주었다.

마리는 얼른 출발하자고 졸랐다. 레몽은 어깨를 다시 펴고 서둘러야겠다면서 웃음을 터뜨렸다.

우리는 거기서 조금 떨어진 정류장으로 갔다. 아랍인들은 따라오지 않는다고 레몽이 일러 주었다. 내가 뒤돌아보니 그들은 그 자리에 그대로 서서 우리가 있던 곳을 여전히 무심하게 바라보고 있었다. 우리는 곧 버스를 탔다. 레몽은 아주 안심한 얼굴로 마리에게 계속 농담을 건넸다. 레몽은 마리가 마음에 드는 모양이었지만 마리는 거의 대답을 하지 않고 그저 이따금 웃으며 레몽을 바라보기만 했다.

우리는 알제 교외에서 내렸다. 바닷가는 정류장에서 가까웠다. 하지만 바다가 내려다보이는 비탈진 작은 언덕을 지나야 했다. 언덕은 높푸른 하늘을 배경으로 노란 돌과 하얀 수선화로 뒤덮여 있었다. 마리는 재미있다는 듯 가방을 휘둘러서 꽃잎을 떨어뜨렸다.

우리는 흰색과 초록색으로 울타리를 둘러 친 작은 별장들 사이로 지나갔다. 어떤 별장들은 베란다까지 버드나무 속에 파묻혀 있었고, 어떤 것은 돌들 가운데 덩그러니 놓여 있기도 했다. 언덕 끝에 다다르기도 전에 벌써 잔잔한 바다가 보였고, 더 멀리 맑은 물속에는 육중한 곶이 졸고 있는 듯했다. 정적 속에서 경쾌한 모터 소리가 들려왔다. 저 멀리 반짝이는 바다 위로 조그만 트롤 어선 한 척이 느지막이 가고 있었다. 마리는 창포를 몇 송이 꺾었다. 바다로 내려가면서 보니 벌써 수

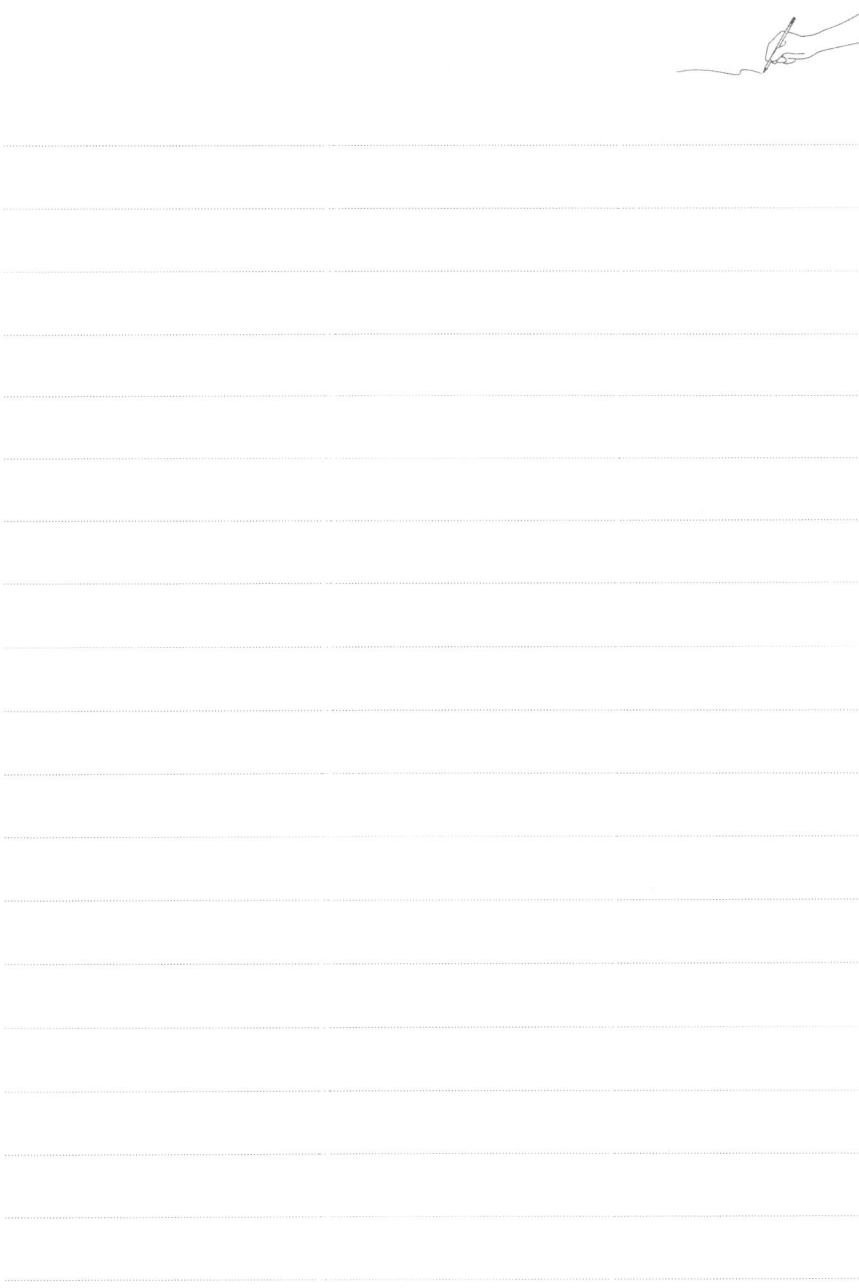

영을 즐기는 사람들이 몇몇 보였다.

레몽의 친구는 해변 가장자리의 조그만 목조 별장에서 살고 있었다. 별장은 바위에 기대 있었고 건물을 떠받치는 기둥들은 물속에 잠겨 있었다.

레몽이 우리를 소개했다. 그의 친구 마송은 몸집도 크고 키도 크고 어깨가 떡 벌어진 사람이었다. 파리 말씨를 쓰는 귀엽고 동글동글한 작은 여자와 함께 있었다.

그는 우리에게 편하게 지내라고 권하고는 그날 아침에 갓 잡아 튀긴 생선이 있다고 말했다. 나는 그의 집이 멋지다고 칭찬했다. 그는 주말이나 휴일이 되면 항상 이곳에 와서 지낸다고 했다.

"제 아내와 함께라면 누구든 즐거워하거든요."

그의 아내는 때마침 마리와 웃고 있었다. 그 때, 나는 아마도 마리와의 결혼을 처음으로 진지하게 생각했던 것 같다.

마송이 수영하러 가자고 했지만 그의 아내와 레몽은 가고 싶어 하지 않아서 우리 셋만 바닷가로 내려갔다. 마리는 바로 물속으로 뛰어들었고 마송과 나는 잠시 그대로 서 있었다.

그는 말을 천천히 했는데 말끝마다 '그뿐만 아니라'를 덧붙이는 습관이 있었다. 실제로 연관이 없는 이야기를 이어갈 때도 그랬다.

마리에 대해 이야기를 할 때면 "아주 기가 막히는군요. 그뿐만 아니

라 매력적이에요." 하고 말했다. 조금 시간이 흐르자 나는 햇볕을 쬐며 흐뭇한 기분을 즐기느라 그의 버릇 따위는 신경 쓰지 않게 되었다.

발밑에서 모래가 점점 뜨거워지기 시작했다. 물에 들어가고 싶은 것을 좀 더 참다가 마침내 마송에게 "들어갈까요?" 하고 말했다.

나는 물속으로 뛰어들었다. 마송은 천천히 들어오다가 발이 땅에 닿지 않게 되었을 때 비로소 몸을 던졌다. 그가 개구리헤엄을 아주 서투르게 하는 탓에 그를 남겨 두고 마리 곁으로 갔다. 시원한 물속을 헤엄치니 아주 흐뭇한 기분이 들었다. 마리와 함께 멀리까지 나아가는 내내 함께 움직이며 함께 만족감을 느꼈다.

우리는 바다 한가운데로 나가 몸을 띄웠다. 하늘을 보고 누우니 입으로 흘러드는 물의 장막을 태양이 걷어 주었다. 마송이 모래사장으로 나가 햇볕을 쬐기 위해 눕는 것이 보였다. 멀리서 보아도 그의 몸은 여전히 큼직했다.

마리가 나와 함께 헤엄을 치고 싶어 했다. 내가 뒤에서 마리의 허리를 잡고 발로 물장구를 치면 마리가 팔을 놀려 앞으로 나아갔다. 사방이 고요한 아침에 물을 찰싹찰싹 때리는 작은 소리만이 우리를 따라왔다.

마침내 나는 지쳐서 마리를 남겨 두고 숨을 크게 몰아쉬며 꾸준히 헤엄을 쳐서 바닷가로 돌아왔다. 마송 옆에 배를 깔고 엎드려 모래 속

에 얼굴을 파묻었다.

내가 "기분이 참 좋군요."라고 했더니 그도 그렇게 생각한다고 대답했다. 조금 뒤 마리가 왔다. 고개를 돌려 걸어오는 모습을 바라보았다. 소금물에 젖은 몸이 미끈해 보였다. 머리는 뒤로 늘어뜨리고 있었다.

마리는 내 옆에 나란히 누웠다. 그녀의 체온과 뜨거운 햇볕이 뿜어내는 열기로 나는 깜빡 잠이 들었다.

마리가 나를 흔들어 깨우며 마송은 벌써 집으로 돌아갔으며 곧 점심시간이라고 했다. 나도 배가 고파서 곧 일어났다. 그러나 마리가 아침부터 한 번도 키스를 해 주지 않았다고 했다. 맞는 말이었고 나도 키스를 하고 싶지 않은 게 아니었다.

"물속으로 들어가요."

그녀가 말했다. 우리는 곧장 잔물결 속으로 몸을 넣고 몇 번 팔을 저어 헤엄쳤다. 마리가 내게 바짝 붙었다. 그녀의 다리가 휘감기는 게 느껴지자 나는 욕정을 느꼈다.

우리 둘이 다시 돌아오는데 마송은 벌써부터 우리를 부르고 있었던 모양이다. 나는 배가 몹시 고프다고 했다. 마송은 그 자리에서 아내에게 내가 마음에 든다는 얘기를 했다. 빵은 맛이 좋았고 내 몫으로 나온 생선도 허겁지겁 먹었다.

그 후 나온 고기와 감자튀김도 우리는 아무 말 없이 먹었다. 마송은

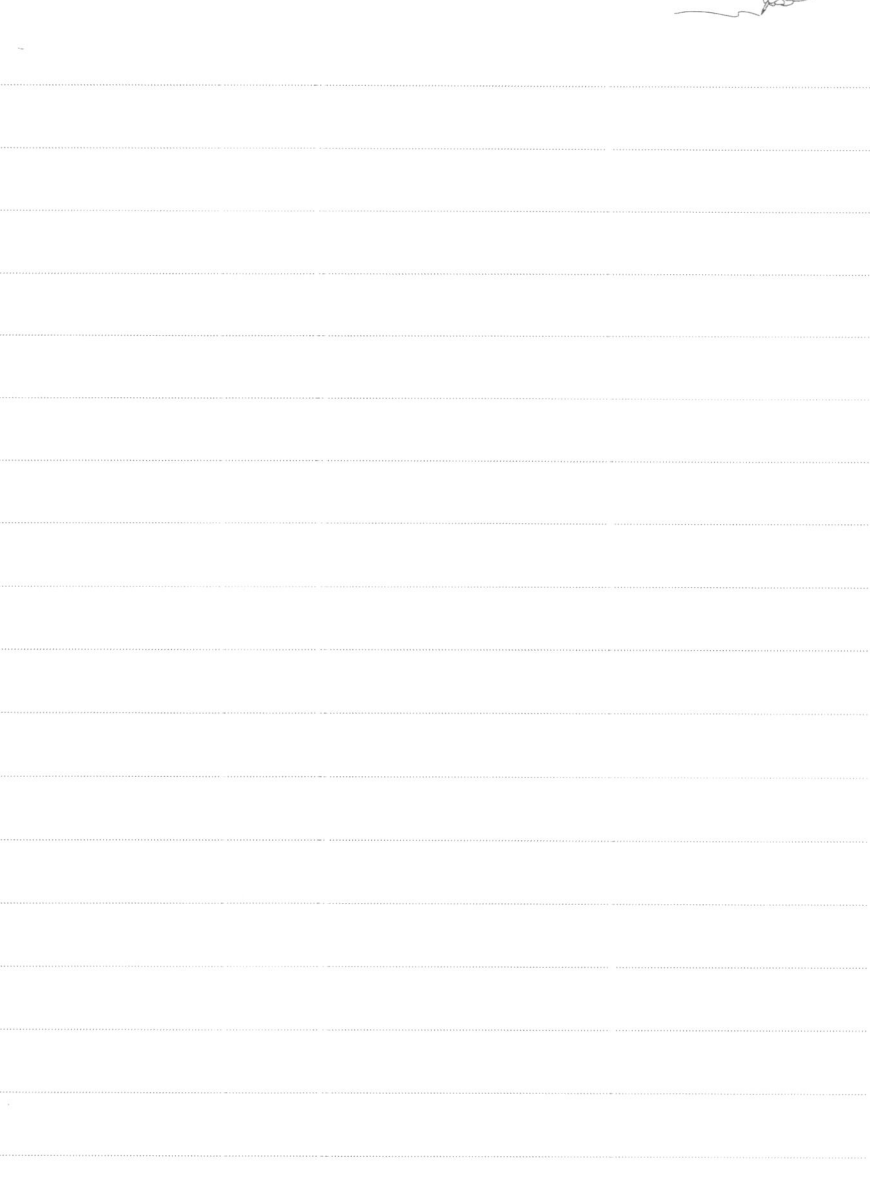

술을 자주 마셨고 내게도 계속 따라 주었다. 커피가 나왔을 때는 머리가 무거워서 담배를 많이 피웠다. 마송과 레몽, 나 셋은 돈을 모아 팔월 한 달 간 해변에서 지내면 어떨지 의논했다.

"지금 몇 시인지 아세요? 열한 시 삼십 분이에요."

마리가 갑자기 말해서 우리는 모두 놀랐다. 마송은 너무 일찍 밥을 먹긴 했지만 배고플 때가 식사 시간이니까 이상할 것도 없지 않느냐고 했다. 그 말을 듣고 마리가 왜 웃었는지 모르겠다. 아마 술을 좀 지나치게 마신 것 같았다. 그때 마송이 함께 바닷가 산책을 하지 않겠냐고 물었다.

"제 아내는 점심을 먹은 뒤에는 꼭 낮잠을 자거든요. 나는 자는 것보단 걷고 싶어요. 그게 건강에 좋다고 아내에게 늘 말하지만 결국에는 자기가 하고 싶은 대로 할 수밖에 없잖아요."

마리는 남아서 마송 부인의 설거지를 돕겠다고 했다. 그러려면 남자들은 모두 밖으로 나가야 한다고 키가 작은 파리 여자가 말했다. 우리 셋은 바닷가로 내려갔다.

햇빛은 거의 수직으로 모래 위에 내리꽂혔다. 바다 위에 반사되는 그 강렬한 빛은 견디기 어려울 정도였다. 이제 바닷가에는 아무도 없었다.

언덕 끝을 따라 바다를 내려다보며 늘어선 작은 별장들 안에서 접

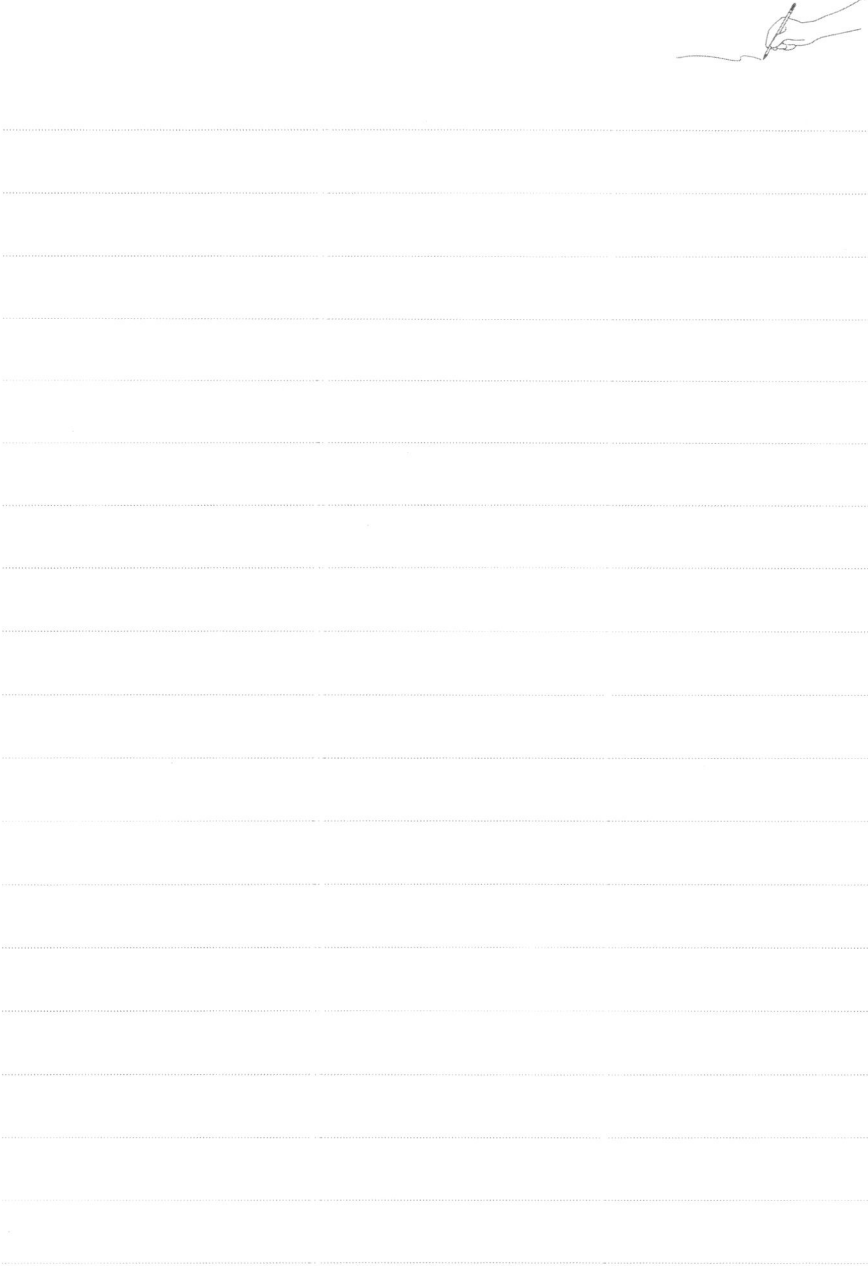

시, 포크, 스푼 등이 덜그럭거리는 소리만 들려왔다. 땅에서 올라오는 돌의 열기 때문에 숨 쉬는 것도 힘들었다.

처음에 레몽과 마송은 내가 모르는 일이나 사람들 이야기를 나눴다. 그들이 오래전부터 알고 지내던 사이라는 것, 한때 같이 살기도 했다는 것을 알 수 있었다. 우리는 바다를 끼고 걸었다. 가끔씩 긴 잔물결이 우리가 신은 헝겊 신발을 적셨다.

나는 머리 위로 쏟아지는 햇빛 때문에 반쯤 잠든 상태라서 아무것도 생각할 수가 없었다.

그때 레몽이 마송에게 무슨 말을 건넸지만 나는 알아듣지 못했다. 하지만 그 순간 바닷가 저 끝에서 푸른 작업복을 입은 아랍인 두 명이 우리를 향해 걸어오고 있는 것을 보았다.

내가 레몽을 쳐다보았더니 그가 "그놈 맞아." 하고 말했다. 우리는 계속 걸었다. 마송은 그들이 어떻게 여기까지 쫓아올 수 있었는지 궁금해했다. 우리들이 해수욕 가방을 들고 버스를 타는 것을 그들이 본 것이라고 생각했지만 아무 말도 하지 않았다.

아랍인들의 걸음은 느렸지만 벌써 우리와 많이 가까워져 있었다. 우리는 속도를 늦추지 않고 그냥 걸었다.

"마송, 싸움이 일어나면 너는 둘째 놈을 맡도록 해. 내 상대는 내가 알아서 할 테니. 그리고 뫼르소, 만약 딴 놈이 오면 그건 네가 맡도록

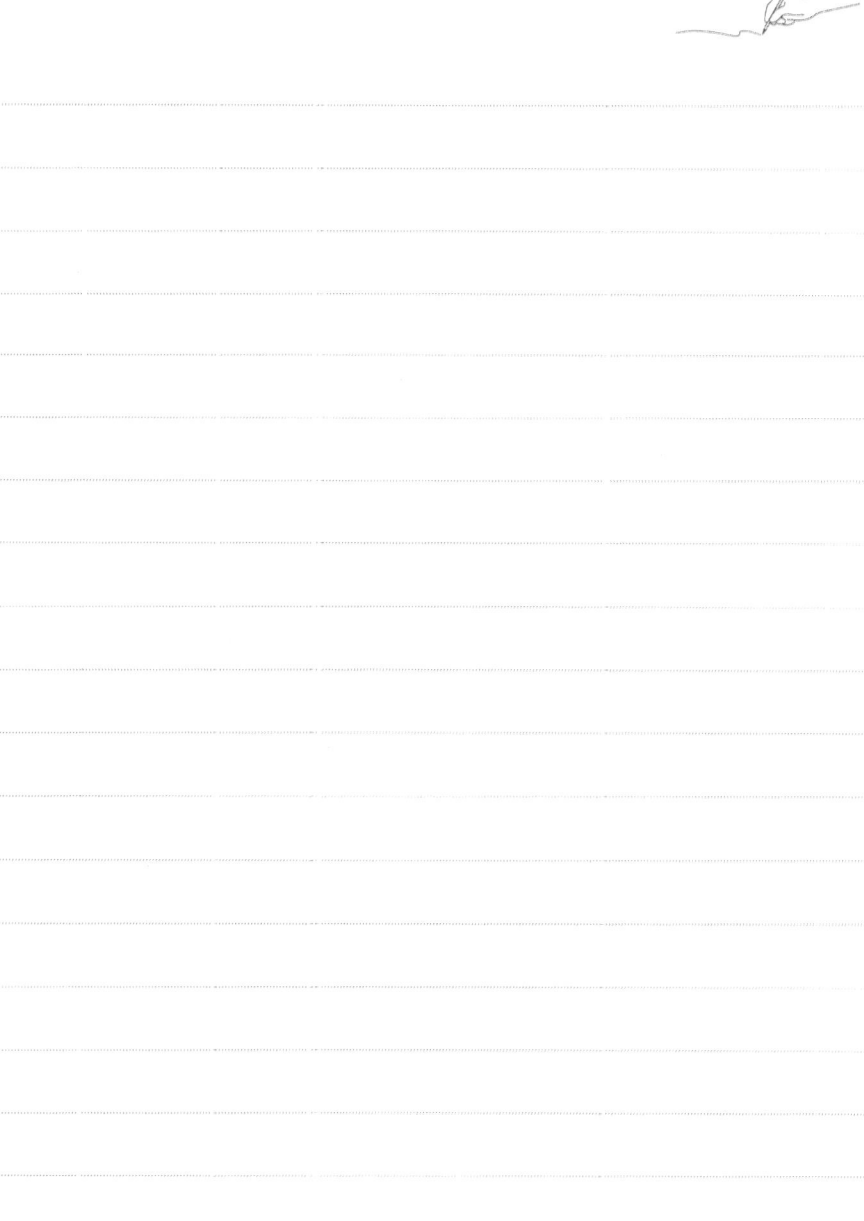

하구."

레몽이 말했다. 나는 알겠다고 대답했고 마송은 두 손을 호주머니 속에 넣었다. 지나치게 뜨거워진 모래가 이제는 붉게 보였다. 우리는 같은 속도로 걸으며 아랍인들 쪽으로 다가갔다.

그들과 우리의 간격이 점점 좁혀졌다. 겨우 몇 발자국 떨어졌을 때 아랍인들이 멈춰 섰다. 마송과 나는 속도를 늦췄다. 레몽은 곧장 그가 상대하기로 한 남자에게 걸어갔다. 그가 뭐라고 하는지 들리지는 않았지만 아랍 녀석이 머리로 치받는 시늉을 했다. 레몽이 먼저 한 대 날리고는 곧바로 마송을 불렀다. 마송은 자신이 맡기로 했던 녀석에게 가서 있는 힘껏 두 대를 때렸다.

아랍인이 넘어지면서 얼굴을 물속에 처박았다. 몇 초 뒤 머리통 주변에서 부글부글 거품이 일었다. 그러는 사이 레몽도 상대방을 때려서 얼굴을 온통 피투성이로 만들었다. 레몽은 내게 고개를 돌리며 말했다.

"이놈 좀 봐!"

"조심해! 칼을 들었어!"

내가 소리쳤다. 하지만 레몽의 팔과 입은 이미 찢겨 있었다.

마송이 황급히 달려갔다. 그러나 또 다른 아랍 녀석도 일어나서 칼을 가진 놈 뒤에 섰다. 우리는 꼼짝도 못했다. 그들은 우리를 주시하며

칼로 위협하면서 서서히 뒷걸음질 쳤다. 그러더니 충분히 거리가 벌어졌다고 생각하자 부리나케 달아나 버렸다. 우리는 그동안 못 박힌 듯 그대로 서 있었고, 레몽은 피가 뚝뚝 떨어지는 팔을 움켜쥐고 있었다.

마송은 언덕 위 별장에 일요일마다 오는 의사가 있다고 말해 주었다. 레몽은 바로 가자고 했다. 말을 할 때마다 상처에서 흐르는 피가 입속에서 거품을 만들어 냈다.

우리는 그를 부축해서 최대한 빨리 오두막으로 되돌아왔다. 레몽은 가벼운 상처니까 의사에게 갈 수 있다고 했다. 레몽과 마송이 함께 의사에게 간 사이 나는 여자들에게 사건 이야기를 들려주었다. 마송 부인은 울고 마리는 파랗게 질렸다. 나는 설명을 하는 게 귀찮아져서 이야기를 그만두고 바다를 바라보며 담배를 피웠다.

한 시 반쯤 되자 레몽과 마송이 돌아왔다. 레몽은 팔에 붕대를 감고 입가에는 반창고를 붙이고 있었다. 의사는 별일 아니라고 했다지만 레몽은 매우 침울한 얼굴이었다. 마송이 웃기려고 애를 썼지만 레몽은 굳게 입을 다물었다.

갑자기 레몽이 바닷가로 가겠다고 했다. 어디로 갈 것이냐고 물었더니 바람을 쐬고 싶다고 했다. 마송과 나도 함께 가겠다고 하자 레몽이 화를 내면서 욕을 해 댔다. 그의 비위를 거스르지 말자고 마송이 이야기했다. 그래도 나는 그의 뒤를 따라갔다.

우리는 오래도록 해변을 거닐었다. 태양은 이제 찍어 누르듯 뜨겁게 내리쬐었고, 햇빛은 모래와 바다 위로 잘게 부서졌다. 나는 레몽이 자신이 어디로 가는지 알고 있을 것이라고 생각했지만 그건 잘못된 생각이었다. 그렇게 우리는 바닷가 끝에 이르렀다. 커다란 바위 뒤에서 조그만 샘이 바다로 향해 흐르고 있었다.

그때 그 아랍인 둘을 다시 만났다. 그들은 기름기가 밴 푸른 작업복을 입고 누워 있었다. 아주 느긋하고 평온한 얼굴이었다. 우리가 나타났는데도 표정의 변화가 전혀 없었다. 레몽을 찌른 녀석조차 아무 말 없이 레몽을 바라보았다. 또 한 녀석은 작은 갈대 피리를 불고 있었다. 우리를 곁눈질하며 그 악기로 낼 수 있는 세 가지 음을 끊임없이 되풀이했다.

태양과 침묵, 졸졸 흐르는 샘물 소리와 피리 소리만 가득했다. 레몽이 주머니에 있는 권총에 손을 댔지만 녀석은 미동도 없었고 둘은 서로 마주 보고만 있었다. 나는 피리를 불고 있는 녀석의 유난히 벌어진 발가락만 유심히 바라보고 있었다.

"해치울까?"

레몽은 녀석에게 눈을 떼지 않고 물었다. 내가 안 된다고 하면 그는 화를 내며 쏴 버리고 말 것이라는 생각이 들었다.

"저 녀석은 아무 말도 안 했잖아. 이대로 쏴 버리는 건 비겁한 일이

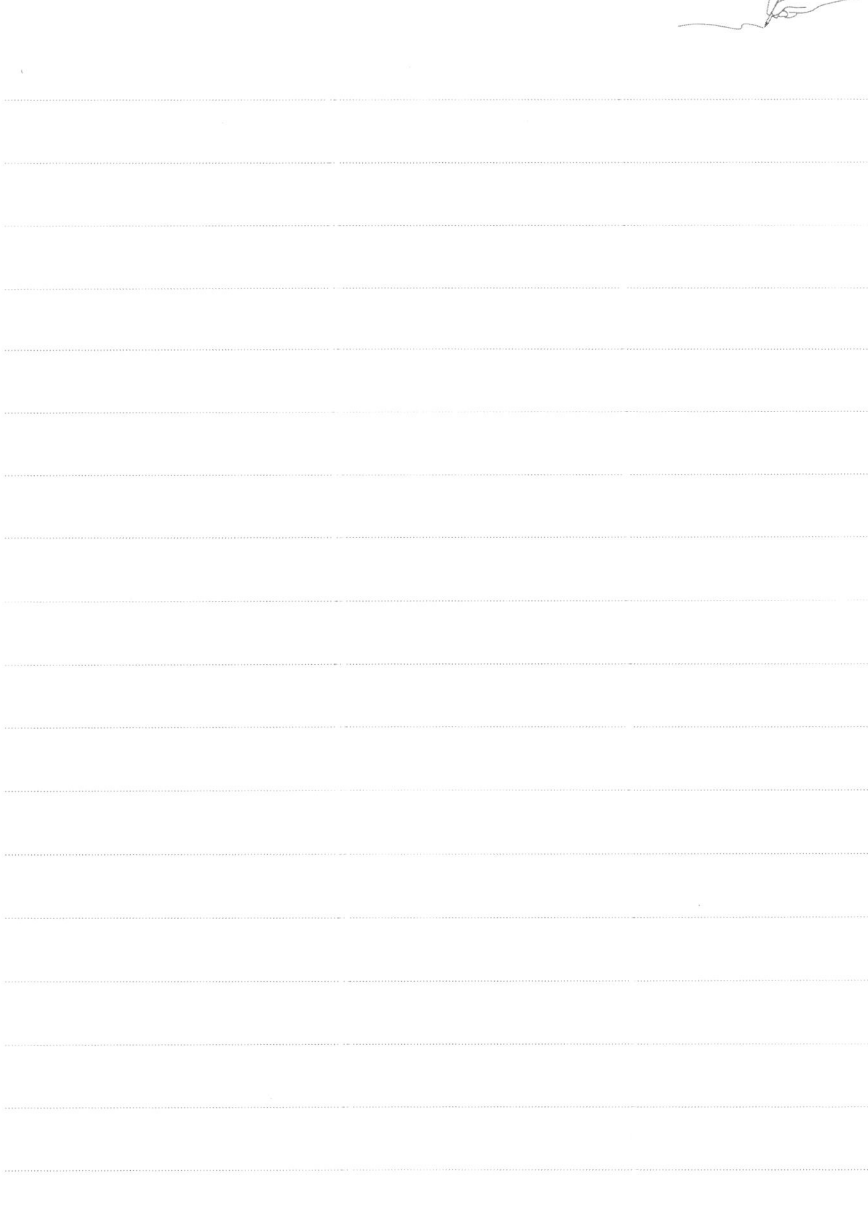

야."

내가 말했다. 침묵과 무더위 속에서 다시금 물 흐르는 소리와 호젓한 피리 소리만 들려왔다. 레몽이 말했다.

"그럼 저 녀석에게 욕이라도 해야지. 말대답을 하면 쏴 버릴 거야."

"그래. 하지만 저 녀석이 칼을 뽑지 않는 한 쏠 수는 없어."

내가 대답했다. 레몽은 화를 내기 시작했다. 피리 부는 사람과 레몽을 찌른 놈 둘 다 여전히 레몽의 행동을 눈여겨보고 있었다. 나는 레몽에게 말했다.

"쏘면 안 돼. 남자답게 결투를 해야지. 그 권총은 이리 주게. 만약 다른 녀석이 뛰어들거나 칼이라도 뽑으면 내가 쏴 버릴 테니까."

레몽이 내게 권총을 주었을 때 그 위로 햇빛이 반사되어 번쩍였다. 하지만 우리는 모든 것에 둘러막힌 것처럼 꼼짝 않고 그대로 서 있었다. 우리들은 눈길을 피하지 않고 서로 노려보고 있었다. 모든 것이 바다와 모래, 태양과 피리 소리의 침묵, 물소리의 정적 속에 멈춰 있었다. 그 순간 나는 권총을 쏠 수도 있고 쏘지 않을 수도 있겠다는 생각이 들었다. 그렇지만 그때 느닷없이 아랍인들이 뒷걸음질을 치면서 바위 뒤로 스며들듯 도망쳐 버렸다. 그래서 레몽과 나는 그냥 되돌아왔다. 레몽은 기분이 좀 풀린 듯 집으로 돌아갈 때 탈 버스 이야기를 했다.

나는 그와 별장까지 함께 갔다. 레몽이 계단을 오르는 동안 나는 계단 첫머리 앞에 서 있었다. 햇볕을 많이 쏘인 탓에 머리가 울리는 것 같았고, 나무 계단을 올라 다시 여자들과 상대할 것을 생각하니 기운이 다 빠졌던 것이다. 그렇지만 더위가 무척이나 지독해서 하늘에서 쏟아지는 햇볕을 쬐고 있으니 눈이 멀 것처럼 괴로워서 견딜 수가 없었다. 그냥 서 있는 것이나 가 버리는 것이나 결국은 마찬가지였다. 조금 뒤에 나는 다시 바닷가를 향해 걸었다. 시뻘건 햇볕은 여전히 그대로였다. 바다는 모래 위에 잔물결들을 토해 내며 헐떡이고 있었다. 나는 천천히 바위 쪽으로 걸었는데 햇볕 때문에 이마가 부풀어 오르는 것 같았다.

더위가 나를 짓눌러 대면서 발걸음을 막았다. 얼굴 위에 무더운 바람이 와 닿을 때마다 이를 악문 채 바지 주머니 속의 주먹을 움켜쥐었고, 태양과 태양이 쏟아내는 알지 못할 현기증을 이겨내려고 온 힘을 다해 버텼다. 모래나 흰 조개껍데기, 유리 조각이 뿜어내는 빛이 칼날처럼 번쩍일 때마다 양쪽 턱뼈가 움찔거렸다. 나는 오랫동안 걸었다.

바위 덩어리가 멀리서 조그맣게 보였다. 햇빛과 바닷물의 물보라 때문에 후광에 싸인 듯 거무스름했다. 나는 바위 뒤에 있던 서늘한 샘을 떠올렸다. 졸졸 흐르는 샘물의 속삭임을 찾아가고 싶었다. 태양과 나의 힘겨운 노력, 그리고 여자들의 울음소리를 피해 간 그늘과 그 아

래에서의 휴식을 되찾고 싶은 마음이 간절했다. 바위에 가까이 다가갔을 때 레몽과 상대했던 녀석이 다시 돌아와 있는 것을 발견했다.

그는 혼자였다. 반듯하게 누워 두 손을 목 뒤에 받친 채 이마만 바위 그늘 속에 넣어 두고 온몸에는 햇볕이 감돌고 있었다. 푸른 작업복이 김을 모락모락 피우고 있었다. 이미 상황은 종료됐기 때문에 나는 그 일을 잊고 있던 터라 좀 의아한 생각이 들었다.

그는 나를 보자마자 몸을 조금 들어 올리더니 주머니에 손을 넣었다. 물론 나도 웃옷 속에 있던 레몽의 권총을 찾아 쥐었다. 그는 다시 몸을 젖혀 누웠지만 손은 여전히 주머니 속에 있었다. 나는 그에게서 한 십여 미터쯤 멀찌감치 떨어져 있었다. 절반쯤 눈을 감았어도 이따금 그의 시선을 느낄 수 있었다. 하지만 타는 듯한 공기 속에서 그의 모습이 어른거리는 게 대부분이었다.

파도 소리는 정오 때보다 훨씬 나른하게 가라앉아 조용했다. 그때나 지금이나 달라진 것은 없었다. 모래 위에 똑같은 태양과 변함없는 빛이 계속되었다. 벌써 두 시간째 걸음을 멈추고, 벌써 두 시간째 낮게 끓는 금속 같은 대양에 닻을 내리고 있었다. 수평선 위로 조그만 증기선이 지나갔다. 증기선은 내 한쪽 눈 가장자리에 검은 얼룩으로만 남았다. 아랍인으로부터 한시도 눈을 떼지 않고 있었기 때문이다.

내가 뒤돌아서기만 하면 끝날 일이라고 생각했다. 그러나 햇볕으로

끓어 넘치는 해변 전체가 나를 압박하고 있었다. 나는 샘을 향해 몇 걸음 다가갔다. 아직 내게서 꽤 멀리 떨어져 있었기 때문에 아랍인은 움직이지 않았다. 얼굴 위로 드리운 그늘 탓에 그는 웃고 있는 듯 보였다. 나는 기다렸다.

뜨거운 햇볕 때문에 뺨이 타오르는 듯했고, 땀방울은 눈썹 위에 고여 가고 있었다. 엄마 장례식을 치르던 그날과 같은 태양이었다. 그때와 똑같이 이마가 아팠다. 머리의 모든 혈관이 한꺼번에 피부 아래서 쿵쿵댔다. 그 햇볕의 뜨거움을 견디지 못하고 나는 한 발자국 앞으로 내딛었다. 그게 어리석은 짓이고, 한 걸음 몸을 옮긴다고 해도 태양으로부터 벗어날 수는 없다는 것을 알고 있었다.

하지만 한 걸음을, 단 한 걸음을 옮겼을 뿐이었다. 그러자 이번에는 아랍인이 몸을 일으키지도 않고 칼을 뽑아 나를 겨누었다. 태양빛이 칼 위에서 번쩍 튀었다. 기다란 칼날이 되어 내 이마를 쑤시는 듯 했다.

동시에, 눈썹에 맺혔던 땀이 한꺼번에 눈꺼풀 위로 흘러내려서 두꺼운 막으로 미지근하게 눈두덩을 덮었다. 눈물과 소금의 장막 때문에 앞이 보이지 않았다. 다만 이마 위로 태양이 때리는 심벌즈 소리와 칼에서 뻗어 나온 눈부신 빛만이 어렴풋하게 느껴졌다. 그 칼날은 속눈썹을 쑤셨고 괴로운 두 눈을 파내는 것 같았다.

바로 그때 모든 게 흔들렸다. 바다는 무겁고 뜨거운 바람을 실어 왔

다. 온 하늘이 활짝 열려 불의 비를 쏟아 내는 것 같았다.

　내 온몸이 팽팽하게 긴장되었다. 손으로 권총을 힘 있게 잡았다. 방아쇠는 당겨졌고, 매끈한 권총 자루의 배가 만져졌다. 바로 그 순간 짤막하면서도 귀를 찢는 듯한 소리와 함께 모든 게 시작되었다. 나는 땀과 태양을 떨쳐 버렸다. 그리고 한낮의 균형, 행복을 느끼던 바닷가의 침묵도 깨뜨려 버렸다는 것을 깨달았다. 그 순간 나는 움직이지 않는 아랍인의 몸에 다시 네 발을 쏘았다. 총알은 보이지도 않게 깊숙이 박혔다. 마치 불행의 문을 두드리는 네 번의 짧은 노크 소리 같았다.

이방인

2부

- 1 -

체포된 뒤 곧바로 여러 번 심문을 받았다. 하지만 신원 확인을 위한 것이라서 오래 걸리지는 않았다. 처음 경찰에서는 내 사건에 흥미를 느끼지 못하는 것 같았다. 그와 달리 일주일 뒤에 만난 예심판사는 호기심 가득한 눈으로 나를 바라보았다. 그도 처음에는 내 이름, 주소, 직업, 생년월일과 출생지만을 물었다. 그런 다음 내가 변호사를 선임했는지를 물었다. 나는 아니라고 한 뒤 꼭 그래야만 하느냐고 되물었다. 그러자 그가 "왜 그러십니까?" 하고 물어 왔다. 나는 내 사건이 아주 간단한 것이라고 생각하기 때문이라고 말했다.

"그건 당신 생각이죠. 하지만 법이라는 게 있어서 당신이 변호사를 선임하지 않으면 우리가 관선 변호사를 지정해 드립니다."

그가 웃으며 말했다. 나는 사법부가 그런 사소한 일까지 맡아 해 주니 아주 편리하다는 생각이 들었다. 판사에게도 그렇게 말했다. 그는 내 의견에 동의하고는 법이 참 잘 되어 있다는 것을 보여 주는 예라고 말했다.

나는 처음에는 진지하게 행동하지 않았다. 판사는 커튼을 친 방에서 나를 맞아 주었는데 자신은 어둠 속에 앉은 채, 책상 위에 밝힌 등

불이 내가 앉은 안락의자만을 비추게 했다.

이런 장면 묘사를 예전에 책에서 읽은 일이 있었기에 모든 것들이 장난처럼 느껴졌다. 하지만 이야기가 끝난 뒤에 그를 보니 말쑥한 얼굴에 움푹 들어간 푸른 눈, 큰 키에 길게 기른 회색 수염, 백발에 가까운 수북한 머리카락 등이 분별력 있어 보였다. 입술을 쫑긋대는 신경질적인 버릇이 있긴 했지만 어찌됐든 호감이 가는 상대였다. 방을 나서면서 나는 그에게 악수를 청하려고도 했으나, 그 순간 내가 사람을 죽였다는 사실을 떠올렸다.

이튿날 변호사가 나를 만나러 형무소로 왔다. 키가 작고 통통한 사람으로 꽤 젊었는데 머리카락은 공을 들여 올려붙인 모습이었다. 날씨가 더워서 나는 셔츠 바람이었는데 그는 검정 양복 차림이었다. 끝이 접힌 정장용 칼라에는 큼지막한 흑백 줄무늬 모양의 이상한 넥타이를 매고 있었다.

겨드랑이에 끼고 있던 서류 가방을 내 침대 위에 올려놓은 뒤에 자기소개를 하더니 내 서류를 검토해 보았노라고 말했다. 어려운 사건이긴 하지만 내가 그를 믿어 준다면 재판에서 이길 수 있다는 것이었다. 내가 고맙다는 인사를 하니 그가 말했다.

"본론으로 들어가 볼까요."

그는 침대 위에 앉아 내 사생활에 관해 다양한 정보를 수집했다고

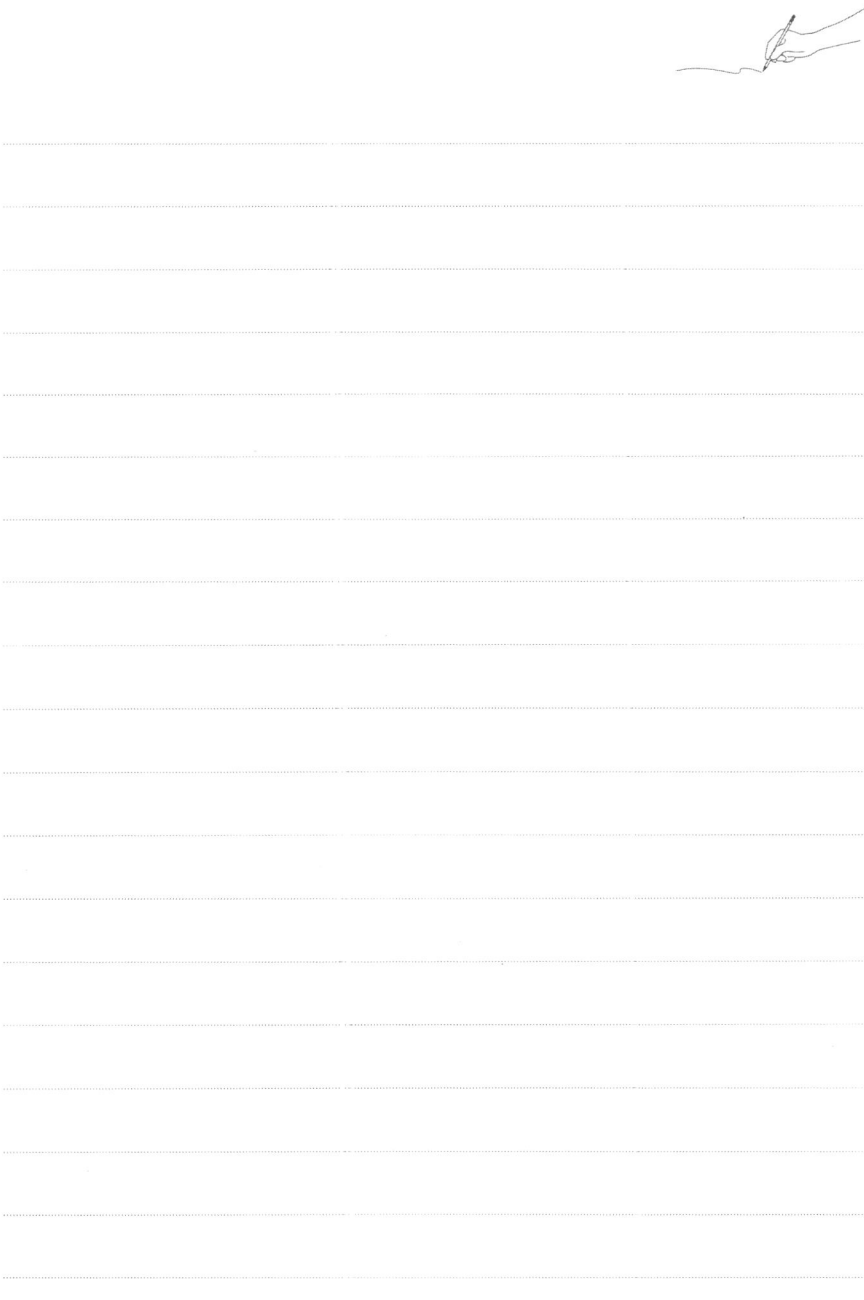

말했다. 어머니가 최근 양로원에서 사망한 사실을 알고 마랭고에 가서 조사를 해봤다는 것이다. 그 결과 내가 엄마의 장례식에서 무심한 태도를 보였다는 것을 알게 되었다고 말했다.

"사실은 당신에게 이런 걸 물어보는 게 상당히 거북합니다만 매우 중요한 일입니다. 만약 제가 적절한 답변을 찾아내지 못할 경우 그것이 당신을 기소하는 데 있어 중요한 논지가 될 수도 있습니다."

그는 내가 협력해 주기를 원했다. 그날 마음이 아팠느냐는 질문을 했다. 이 질문을 받고 나는 무척 놀랐다. 만약 내가 그런 질문을 해야만 하는 입장이라면 나 역시 상당히 거북했을 것 같았다. 그렇지만 나는 내 자신에게 스스로 물어보는 습관은 없어진 지 오래라 정확히 설명하기가 어렵다고 대답했다. 물론 나는 엄마를 사랑했지만 그런 것은 아무런 의미도 없다고 말이다.

정상적인 사람들이라면 누구나 사랑하는 사람들의 죽음을 어느 정도는 바라기도 하는 법이라고 말하자 변호사가 매우 흥분한 듯 내 말을 가로막았다. 그는, 예심판사의 방에 가서는 절대로 그런 말을 하지 않겠다는 약속을 하라고 다그쳤다.

그렇지만 나는 육체적 욕망이 감정보다 앞서는 것은 당연하다고 설명했다. 엄마의 장례식 날도 너무 피곤하고 졸려서 뭐가 어떻게 돌아가는 것인지 잘 알 수가 없었으며, 확실한 것은 엄마가 죽지 않았더라

면 더 좋았을 것이라는 것뿐이었다. 나는 그렇게 말해 주었다. 변호사는 딱히 마음에 들지 않는 눈치였다.

"그것으로는 충분하지 않아요."

그는 잠시 생각에 잠겼다. 그러더니 그날 내가 자연스러운 감정을 억눌렀다고 말할 수 있겠냐고 물었다.

"아니요. 그럴 수는 없죠. 그건 사실이 아니거든요."

내 대답을 들은 그는 나를 혐오스럽다는 듯 이상하게 쳐다보았다. 아무튼 양로원 원장, 직원들이 모두 증인으로 나와 심문을 받을 텐데 그러면 그게 내게 아주 나쁜 영향을 줄지도 모른다고 쌀쌀맞게 말했다.

나는 그런 얘기들은 내 사건과는 관계가 없다는 것을 지적했지만 그는 내가 재판을 받아 본 경험이 없다는 게 확실하다는 대답만이 돌아왔다.

그는 화난 얼굴로 나가 버렸다. 나는 그를 좀 더 붙잡아 두고 그의 호감을 사고 싶다는 것을 설명하고 싶었다. 변호를 잘해 달라는 뜻이 아니라 순수하게 그런 마음이 들기 때문이라는 것을 이야기해 주고 싶었다.

그러다가 내가 그의 입장을 난처하게 만들고 있다는 것을 깨달았다. 그는 나를 이해하지 못했고 오히려 원망하고 있었다. 나는 내가 다른 사람들과 완전히 똑같다는 것, 조금도 다르지 않다는 것을 제대로

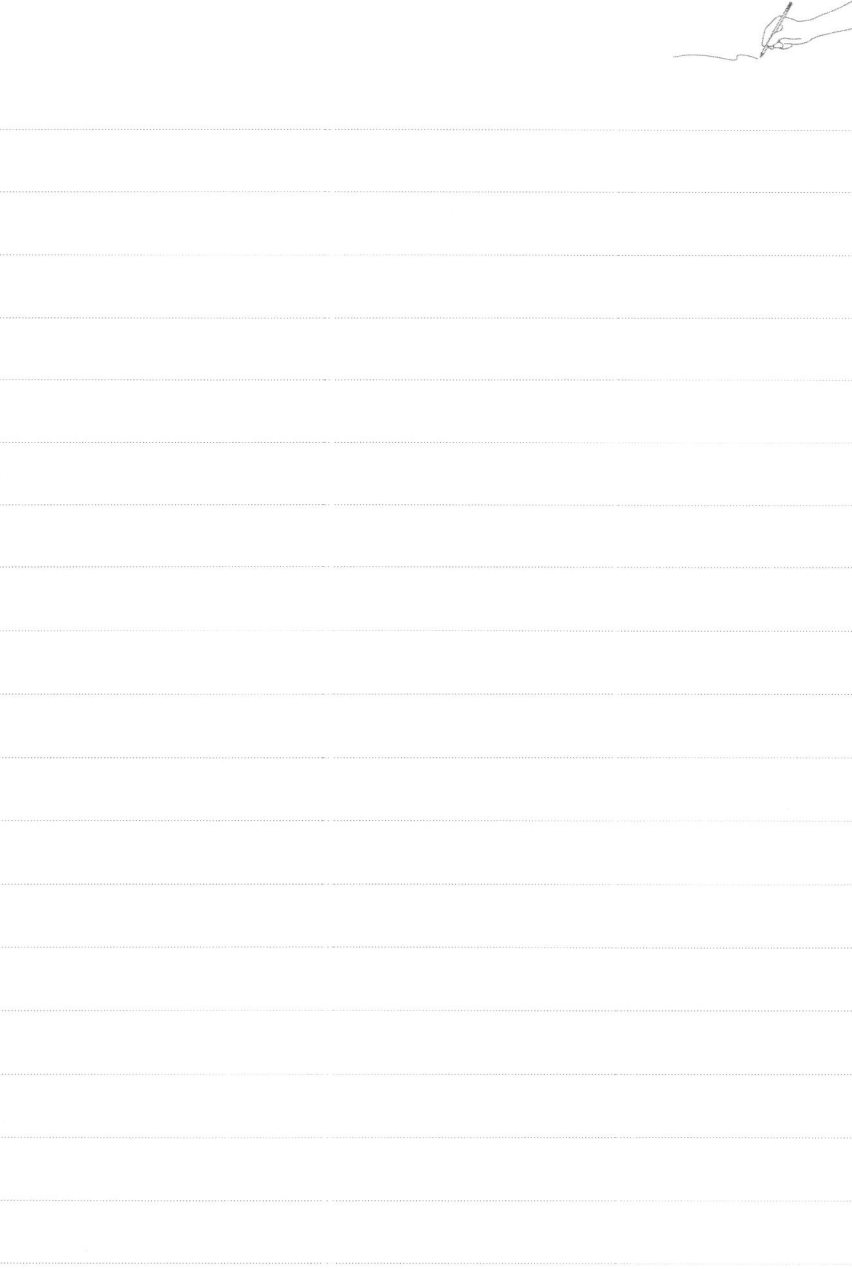

설명하고 싶었다. 하지만 사실상 그런 것들은 모두 소용이 없는 일이었고 귀찮기도 해서 단념하고 말았다.

잠시 후 나는 다시 예심판사 앞으로 불려 갔다. 오후 두 시였는데 그의 사무실에 내리쬐는 빛을 누그러뜨리기 위한 망사 커튼이 쳐져 있었지만 매우 더웠다. 그는 내게 앉으라고 하고 아주 정중한 말씨로, 내 변호사가 '갑작스러운 일' 때문에 오지 못했다는 말을 해 주었다.

그렇지만 자기가 심문할 때 내게 묵비권을 행사하고 변호사의 도움을 기다릴 수 있는 권리가 있다는 것을 알려 주었다. 나는 혼자서도 심문에 대답할 수 있다고 말했다. 그가 책상 위에 있는 버튼을 눌렀다. 젊은 서기가 들어와 내 등 뒤에 자리 잡고 앉았다.

우리 둘은 모두 안락의자에 편안하게 앉았다. 심문이 시작되었다. 판사는 먼저 사람들이 나를 말수가 적고 내성적인 성격이라고 평하는 것에 대해 어떻게 생각하느냐고 물었다.

"나는 별로 할 말이 없거든요. 그래서 말을 안 합니다."

내 대답에 그는 처음 심문할 때처럼 미소를 지으면서 그것은 참 지당한 이유라고 말했다.

"하기야 그런 건 그리 대수로운 게 아니지요."

그는 이야기를 하다가 갑자기 자세를 고쳐 앉으며 빠르게 말했다.

"내가 알고 싶은 건 당신이에요."

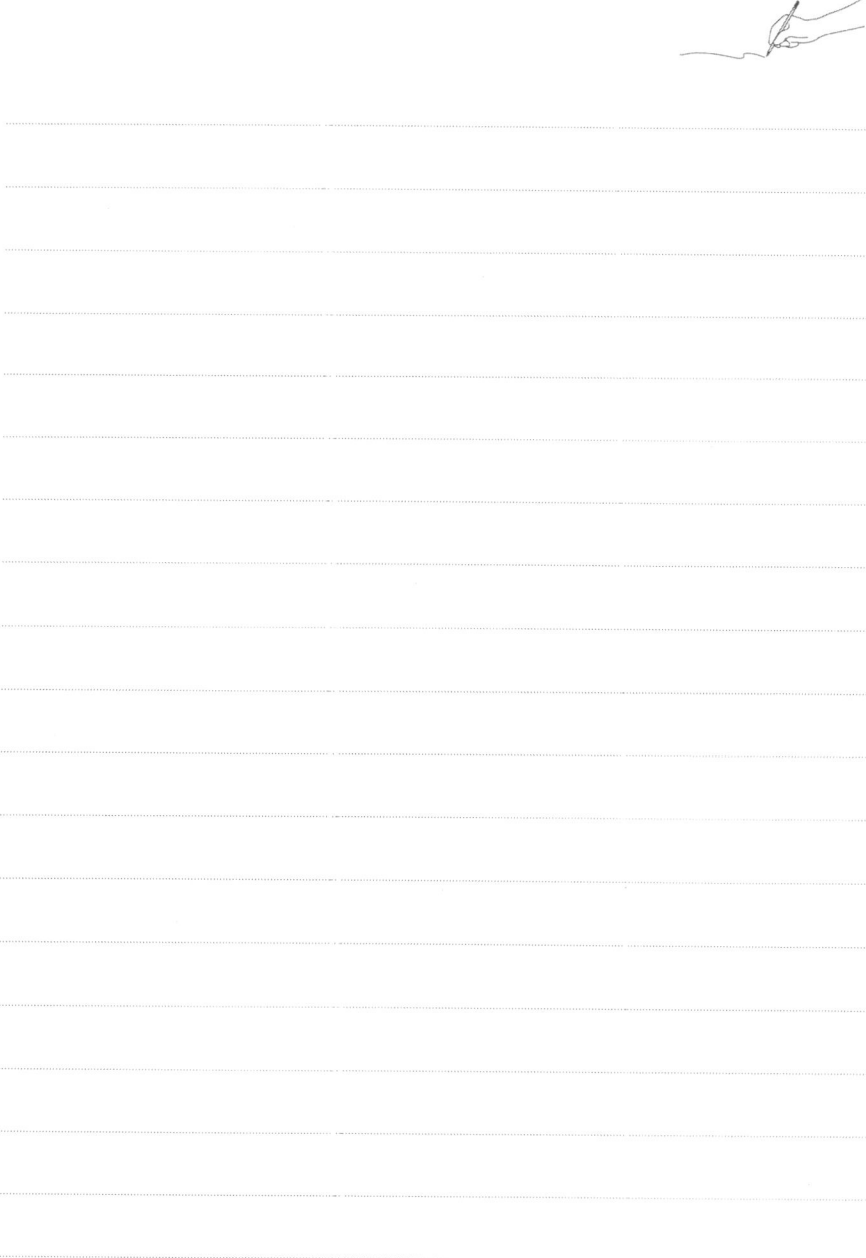

그게 무슨 뜻인지 몰라 나는 대답을 하지 않았다.

"당신 행동 중에는 이해할 수 없는 점들이 있어요. 그걸 이해할 수 있게끔 당신이 도와주실 거라고 믿습니다."

나는 모든 것은 지극히 간단하다고 대답했다. 그러자 그날 있었던 사건에 대해 다시 이야기를 하라고 판사가 재촉했다. 나는 이미 한 번 이야기했던 것을 다시 들려주었다. 레몽, 바닷가, 수영, 싸움, 다시 바닷가, 조그만 샘, 태양, 그리고 다섯 발의 총격. 한마디를 끝낼 때마다 그는 "네. 네." 하고 대답했다.

쓰러진 시체 이야기가 나오자 그는 "좋아요."라고 하면서 이야기를 확인했다. 나는 그렇게 이야기를 자꾸만 되풀이하는 게 지겨워졌다. 여태껏 그렇게 말을 많이 해 본 적은 한 번도 없었던 것 같다.

조금의 정적 후에 그가 일어서더니 나를 도와주고 싶다는 둥, 내게 흥미를 느낀다는 둥 하면서 하나님의 도움으로 내게 뭔가 해 주고 싶다고 말했다. 하지만 그 전에 몇 가지 물어보고 싶은 게 있다고 했다. 그러더니 곧바로 내가 엄마를 사랑했느냐고 물었다.

"네, 다른 사람들처럼 말입니다."

내가 대답을 하니, 그때까지 착실하게 타이프를 치던 서기가 키를 잘못 눌렀는지 당황해하면서 앞부분부터 다시 쳐야 한다고 말했다. 판사가 여전히 앞뒤 없이 이번에는 내게 다섯 발을 연달아 쏘았느냐

고 물었다. 나는 잠시 생각을 하다가 처음에 한 발 쏘고 몇 초 뒤에 네 발을 쏘았다고 말했다.

"첫 발과 두 번째 사이에는 왜 기다렸나요?"

그가 물었다. 다시 한 번 붉은 해변과 태양의 뜨거움이 내 머릿속을 스쳤다. 하지만 이번에는 대답하지 않았다. 그 뒤로 침묵이 이어지자 판사는 동요한 듯 보였다. 자리에 앉더니 머리카락을 마구 헤집으면서 책상에 팔꿈치를 괴고 이상한 표정을 짓고는 내게 약간 몸을 기울였다.

"왜, 어째서 당신은 이미 땅에 쓰러진 시체에 계속 총을 쏜 겁니까?"

그 질문에도 대답할 수가 없었다. 판사는 두 손으로 이마를 짚고 목소리까지 변해서 되물었다.

"왜 그랬어요? 이유를 말해 줘요. 도대체 왜 그랬습니까?"

나는 여전히 입을 꾹 다물었다.

갑자기 그가 일어서더니 사무실 구석 쪽으로 성큼성큼 걸어가 서류함 서랍을 열었다. 그러고는 은 십자가를 꺼내 흔들면서 내게 다가왔다.

"이분이 누군지 압니까?"

평소와 달리 거의 떨리는 듯한 목소리로 그가 외쳤다.

"물론 압니다."

그러자 그는 아주 흥분해서 빠르게 말했다. 자기는 하나님을 믿는

데, 하나님께 용서받지 못할 만큼 죄가 큰 사람은 아무도 없지만 용서를 받으려면 뉘우치는 마음으로 어린아이와 같이 정신을 맑게 비우고 모든 것을 받아들일 준비가 되어 있어야 한다고 말이다.

그는 온몸을 책상 너머로 숙인 채 거의 내 머리 위에서 십자가를 휘둘렀다. 솔직히 나는 그의 논리를 조금도 이해할 수 없었다. 무엇보다 너무 더웠고, 사무실에 있는 큼직한 파리들이 얼굴에 달라붙어 있었던 데다 그의 태도가 겁이 났기 때문이다.

그러나 동시에 판사가 하는 짓이 우습게 생각되었다. 결국 나는 죄인이었기 때문이다. 그런데도 그는 계속 말했다. 대충 알아들은 바로는 그가 생각할 때 내 자백에서 오직 한 가지가 애매하다는 것이었다. 두 번째 방아쇠를 당기기 전에 기다렸다는 사실이다. 다른 것은 다 납득할 수 있지만 그것만은 이해가 되지 않는다고 했다.

나는 그것에 대해 집착하는 것은 잘못이며 그다지 중요한 문제도 아니라는 것을 말하려고 했다. 그런데 그가 내 말을 가로막고 다시 한 번 벌떡 일어서서 나더러 하나님을 믿느냐면서 훈계를 했다.

나는 안 믿는다고 말했다. 그는 분개하며 도로 주저앉았다. 그는 그런 건 있을 수 없는 일이며 누구든지, 하나님 얼굴을 똑바로 대할 수 없는 사람들까지도 신을 믿고 있다고 말했다. 그게 그의 신념이고 그것을 조금이라도 의심한다면 그의 삶은 무의미해질 것이라고 했다.

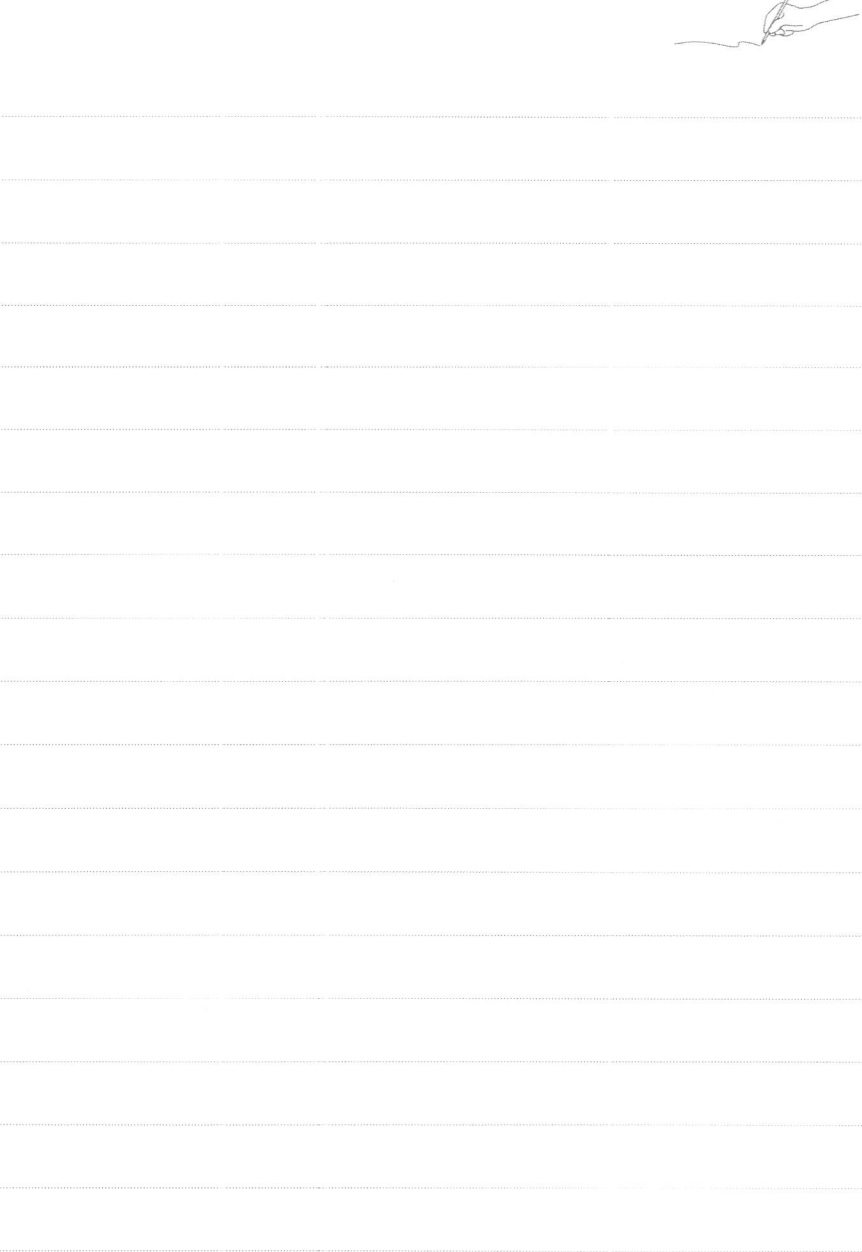

"당신은 내 인생이 무의미해지길 바랍니까?"

그가 외쳤다. 내가 생각할 때 그건 나와 전혀 상관없는 일이라고 대답했다. 그런데 그는 어느새 다가와 내 코앞에 그리스도의 십자가를 내밀고 미친 사람처럼 소리를 질렀다.

"나는 기독교 신자야. 나는 이분한테 네 죄를 구하고 있단 말이야. 그런데 어째서 너는 그리스도께서 너로 인해 고통받는다는 걸 못 믿나?"

나는 그가 반말을 하고 있다는 것을 알아차렸지만 이젠 지겨워졌다. 더위는 점점 더 기승을 부렸다. 별로 이야기를 듣고 싶지 않은 사람에게 벗어나고 싶을 때 늘 하듯, 그의 말에 수긍하는 체했다. 놀랍게도, 그는 의기양양해했다.

"그것 보라고. 너도 믿고 있지? 이젠 하나님께 너 자신을 바칠 거지?"

나는 아니라고 대답했다. 그는 다시 안락의자에 털썩 주저앉았다.

그는 매우 피곤해 보였다. 잠시 아무 말이 없었다. 그동안에도 대화를 따라 계속되던 타이프가 마지막 문장을 받아 치고 있었다. 이윽고 판사가 아주 애처로운 표정으로 나를 보며 중얼거렸다.

"내 앞에 왔던 죄인들은 언제나 이 고통의 성상 앞에서 눈물을 흘립니다."

나는 그들이 죄인이기 때문에 그렇다고 하려다가 나 또한 그들과 마찬가지라는 생각이 들었다. 도무지 적응할 수 없는 개념이었다. 그

때 판사가 일어났는데 심문이 끝난 것을 알리는 것 같았다.

그는 좀 지친 표정으로 내게 자신의 행동에 대해 후회하느냐는 마지막 질문을 던졌다. 나는 한참 생각한 뒤에 사실은 후회하는 것보다 권태감을 느낀다고 했다. 그가 나를 이해하지 못한다는 느낌을 받았다. 그날은 일이 더 이상 진척되지 못했다.

그 뒤, 나는 여러 번 예심판사 앞에 다시 섰다. 그 때마다 나는 변호사와 동석했다. 지난번에 했던 진술의 몇몇 부분들을 좀 더 분명하게 밝히는 정도에 그쳤다. 아니면 판사는 내 변호사와 함께 기소 사항에 관한 이야기를 주고받거나 했다. 그럴 때면 그들은 나를 전혀 신경 쓰지 않았다.

아무튼 심문 방식이 조금씩 달라졌다. 판사는 더 이상 내게 관심을 보이지 않았고 내 사건을 일단락 지은 듯했다. 그는 내게 다시는 하나님 이야기를 꺼내지 않았고 첫날처럼 흥분한 모습을 보이지도 않았다. 그 덕분에 우리의 대화는 훨씬 부드러워졌다.

몇 가지 질문을 받고, 내 변호사와 이야기를 조금 나누고 나면 심문이 끝났다. 판사의 말에 따르면 내 사건은 착착 진척되어 간다고 했다. 이따금 일반적인 대화를 나누면 나도 거기에 끼곤 했다. 나는 그제야 숨을 쉬는 것 같았다. 그럴 때는 아무도 고약하게 굴지 않았다. 모든 것이 무척 자연스럽고 유쾌하고 소박하게 진행되어, 마치 '가족들

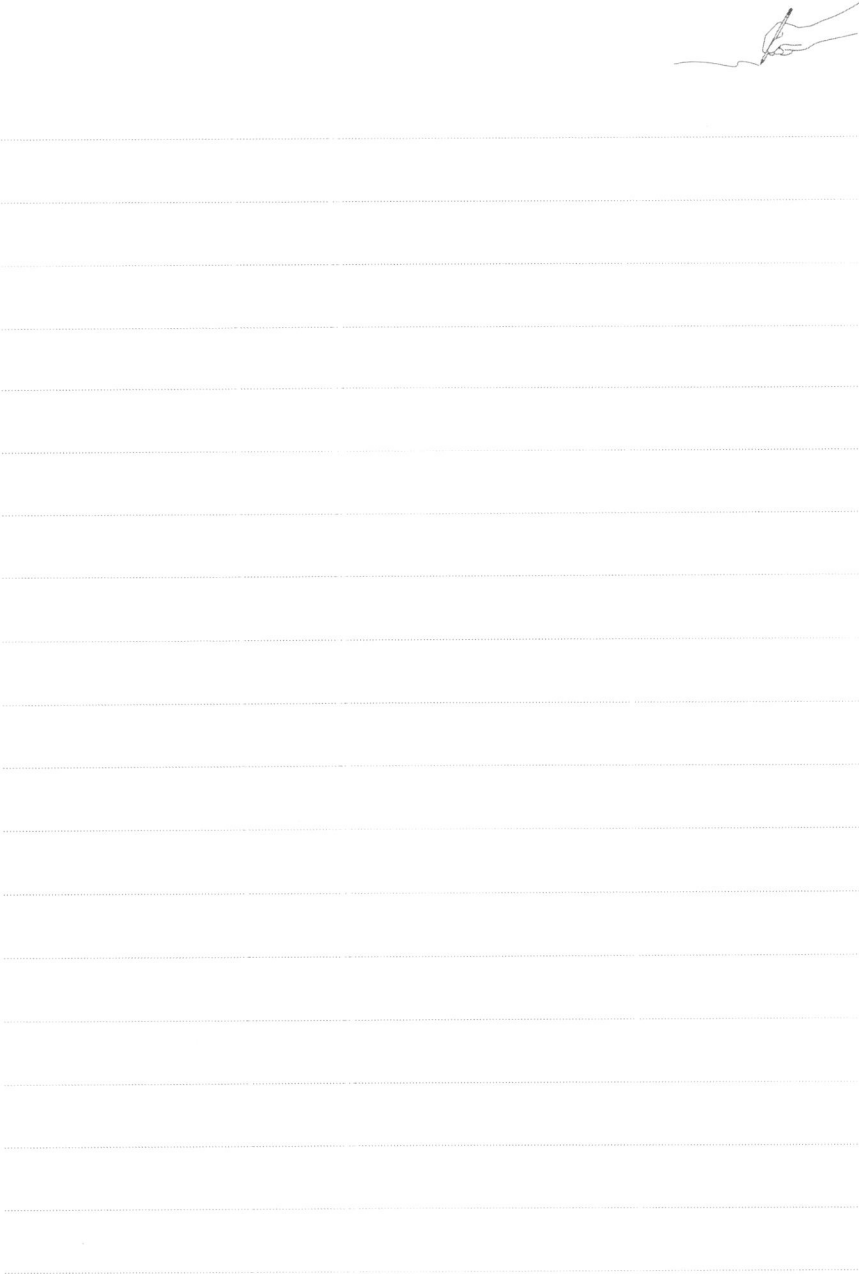

사이에 있는 듯'한 터무니없는 느낌이 들었다.

그렇게 열한 달 동안 계속된 예심을 치르고, 판사가 내 어깨를 두드리며 "오늘은 끝입니다. 무신론자 선생." 하고 말하며 사무실 문까지 배웅해 주었다. 그런 흔하지 않은 순간들에 다른 무엇보다도 즐거워했다는 사실에 스스로도 놀라지 않을 수 없었다. 나는 그의 방에서 나온 뒤 다시 경관들 손에 맡겨졌다.

-2-

정말 입 밖에 내고 싶지 않은 일들도 있다. 형무소에 들어오고 며칠 후에 나는 내 인생에서 이 부분만은 이야기하고 싶지 않게 되리라는 것을 깨달았다. 더 나중에는 그런 혐오감은 별것 아니라고 생각하게 되었다.

처음에는 내가 형무소에 있다는 사실이 실감이 나지 않았다. 막연히 어떤 새로운 일이 일어나기를 기다리고 있었던 것이다. 모든 것은 마리의 처음이자 마지막 방문 뒤에 시작되었다.

그녀는 우리가 결혼한 사이가 아니기 때문에 더 이상 면회가 허락되지 않는다고 편지에 썼다. 그 편지를 받은 바로 그날부터 내 감방이 내 집이고 내 생활은 그 속에서만 일어난다는 것을 절감하게 되었다.

체포되던 날 나는 임시로 여러 명의 수감자가 들어 있는 감방에 갇히게 되었는데 아랍인들이 대부분이었다. 그들은 나를 보며 실실 웃었다. 그러더니 내게 무슨 짓을 했느냐고 물었다. 아랍인을 한 명 죽였노라는 대답에 조용해졌다. 조금 뒤 저녁때가 되자 그들은 내게 잠자리로 사용할 돗자리를 펴는 방법에 대해 설명해 주었다. 돗자리 한쪽 끝을 말면 베개로 사용할 수 있었다. 밤새 빈대가 얼굴 위로 기어 다

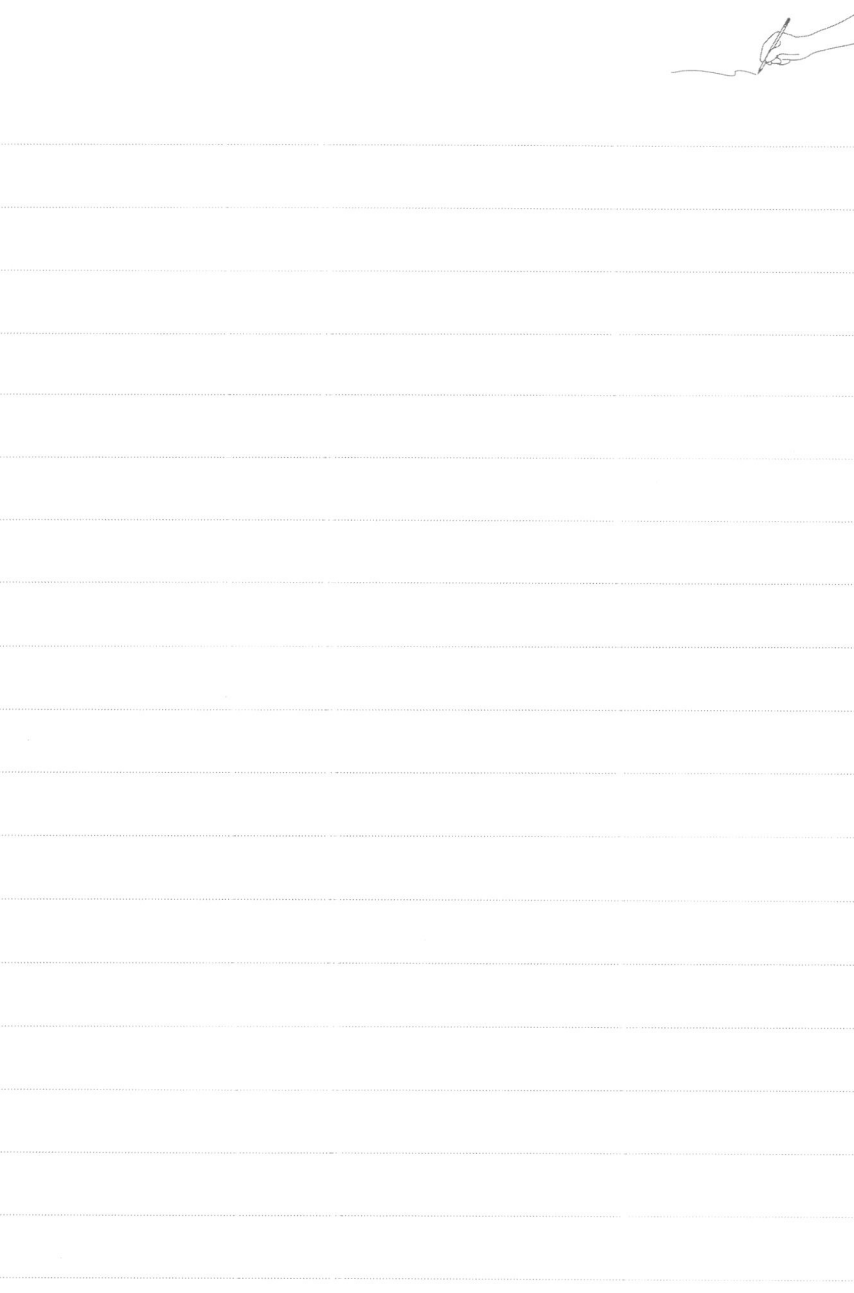

녔다.

 머칠 뒤 나는 나무판자 침대와 변기통, 양철 대야가 있는 독방에 갇혔다. 형무소는 도시 꼭대기에 있었기 때문에 조그만 창문으로 바다가 내다보였다. 어느 날 철창에 달라붙어 햇빛 쪽으로 얼굴을 내밀고 있는데 교도관이 들어와 면회하러 온 사람이 있다고 했다. 마리일 거라는 생각이 들었다. 내 생각이 맞았다.

 면회실로 가기 위해 기다란 복도를 지나 층계를 지나고 또 다른 복도를 지났다. 넓은 창으로 빛이 들어오는 아주 큰 방에 들어섰다. 커다란 철책 두 개가 방을 세 부분으로 나누고 있었다. 두 철책 사이의 팔에서 십 미터 정도 되는 간격이 면회인과 죄수를 갈라놓았다.

 내 앞에는 햇볕에 그을린 얼굴에 줄무늬 옷을 입은 마리가 보였다. 내가 선 쪽의 열 명 남짓한 수감자들은 대부분 아랍인들이었다. 마리는 무어인들에게 둘러싸인 채 두 명의 여자 면회인 사이에 끼어 있었다. 한 명은 검은 옷차림을 한 입을 꼭 다문 노파였고, 다른 한 명은 모자를 쓰지 않은 뚱뚱한 여자였는데 몸짓을 크게 하면서 쉴 새 없이 떠들어 대고 있었다.

 철책 사이의 거리가 멀어서 죄수와 면회인 모두 큰 소리로 말할 수밖에 없었다. 내가 방 안에 들어섰을 때는 크고 텅 빈 방에 반사되어 울리는 말소리와 하늘에서 쏟아져 방 안으로 들어오는 강한 빛 때문

에 현기증 비슷한 게 느껴졌다. 내 감방은 그보다 더 조용하고 어두웠기 때문에 그런 방에 적응하는 데는 조금 시간이 필요했다. 그리고 마침내 밝은 빛에 드러난 사람들 얼굴을 똑똑히 볼 수 있게 되었다. 교도관 한 명이 철책 사이 복도 끝에 앉아 있었다.

대부분의 아랍인 죄수들과 그 가족들은 서로를 마주 보고 웅크린 자세로 앉아 있었는데 그들은 소리를 지르지는 않았다. 그렇게 소란스러운 곳에서 그들은 아주 나직한 말로 의사소통을 했다. 아래로부터 올라오는 듯한 희미한 속삭임은 그들 머리 위에서 뒤섞이는 말소리에 일종의 저음부를 이루고 있었다.

나는 마리에게로 다가가면서 이 모든 것들을 파악했다. 마리는 벌써 철책에 달라붙어 있는 힘껏 내게 웃어 보이고 있었다. 그녀가 매우 아름답다는 생각을 했지만 그런 말을 그녀에게 하지는 못했다.

"좀 어때요?"

마리가 아주 큰 소리로 물었다.

"그냥 그래."

"잘 지내죠? 필요한 건요?"

"응. 없어."

우리는 더 이상 말을 하지 않았고 마리는 여전히 웃었다. 뚱뚱한 여자는 내 옆에 있던 남자에게 고함을 질렀다. 남편인 듯한 그는 매우

순박한 눈매에 키가 큰 금발의 사내였다. 무슨 말인지는 모르겠으나 내가 오기 전부터 나누던 대화를 계속하고 있었다.

"잔이 그 녀석을 붙잡으려 하지 않았다고요."

여자가 목이 터져라 소리를 질렀다.

"그래?"

사내가 말했다.

"당신이 나오면 그 녀석을 데려오겠다고 했는데도 그 여자가 맡으려고 하지 않았어요."

이 때 마리가 레몽이 안부를 전하더라고 소리를 질러서 내가 고맙다고 했다. 하지만 내 목소리는 내 옆 사내가 "그 녀석은 잘 있고?" 하는 소리에 묻혀 버렸다.

"그럼요. 아주 건강하게 잘 지내요."

그의 아내는 이렇게 말하고는 웃었다. 내 왼쪽에 손이 가늘고 키 작은 청년은 아무 말이 없었다. 그가 자그마한 노파와 서로 뚫어지게 바라보고 있다는 것에 주목했다. 하지만 그 때 마리가 내게 희망을 가져야 한다고 소리쳤기 때문에 그들을 더 보지는 못했다. 나는 "그럼." 하고 대답하며 그녀를 물끄러미 바라보았다. 옷 위로 드러난 그녀의 어깨를 껴안고 싶었다. 그 얇은 천에 욕망을 느꼈다. 이런 것 말고 어떤 것에 희망을 가지라는 것인지 알 수가 없었다. 마리가 줄곧 미소를 짓

는 걸로 봐서는 마리가 한 말도 아마 그런 뜻이었을 것이다. 이제 내 눈에는 반짝이는 그녀의 치아와 눈가 잔주름만 보일 뿐이었다.

"당신은 나올 거예요. 그럼 우리 결혼해요."

마리가 다시 외쳤고 나는 "그래?" 하고 대답했다. 딱히 할 말이 없었기 때문에 그리 말한 것이었다. 그러자 마리는 아주 빨리, 아주 높은 목소리로 석방되면 해수욕을 또 하러 가자고 말했다. 그러나 곁에 있던 여자도 소리 높여 서기과에 바구니를 맡겼다면서 이번에는 그 속에 넣은 것을 일일이 나열하기 시작했다. 돈을 많이 들였으니 없어진 건 없는지 확인해야 한다는 것이었다. 내 왼편에 있던 청년과 그의 어머니는 여전히 말없이 바라보고만 있었다. 아랍인들의 웅얼거리는 소리는 우리 발밑에서 들리는 듯 계속됐다. 밖에서는 햇빛이 창에 부딪혀 부풀어 커지는 것처럼 느껴졌다.

나는 피곤해져서 그 자리에서 벗어나고 싶었다. 시끄러운 소리 때문에 고통스러웠지만 또 한편으로는 마리가 있을 때 좀 더 보고 싶은 마음도 있었다. 그 뒤로 시간이 얼마나 지났는지는 알 수 없다. 마리는 자기 일에 관한 이야기를 하며 끊임없이 웃었다. 속삭이는 소리와 고함 소리, 주고받는 이야기들이 서로 한데 섞였다. 서로 마주 보기만 하고 침묵하던 내 옆 청년과 노파만이 외딴 섬처럼 느껴졌다.

그러다 아랍인들이 한 명씩 차례로 끌려 나갔다. 맨 처음 사람이 나

가자 거의 모든 사람들이 동시에 입을 다물었다. 키가 작은 노파는 그제야 쇠창살로 다가갔고 그와 동시에 교도관이 그의 아들에게 눈짓을 보냈다. 아들은 "엄마, 잘 가." 하고 말했고 노파는 쇠창살 사이로 손을 넣어 아들에게 오래도록 작고 느린 손짓을 보냈다.

노파가 나가자마자 손에 모자를 든 한 남자가 와서 그 자리를 차지했다. 죄수 한 사람도 끌려 들어와 그들은 금방 활기찬 대화를 시작했다. 방 안이 다시 조용해진 탓에 그들의 목소리도 낮았다. 내 오른쪽에 있는 사내가 불려 나갈 차례가 되니 그의 아내가 크게 소리 지를 필요가 없다는 것을 미처 알아차리지도 못한 듯 목청껏 "몸조리 잘하고 조심해요." 하고 말했다.

내 차례가 되었다. 마리는 키스를 보낸다는 몸짓을 했다. 방을 나서기 전에 마리를 돌아보았다. 그녀는 얼굴을 창살에 비비면서 여전히 긴장된 웃음을 지으며 엉거주춤하게 서 있었다.

마리가 편지를 보낸 것은 그러고 나서 며칠 뒤의 일이었다. 내가 절대 이야기하고 싶지 않았던 일들이 시작된 것은 바로 그때부터였다. 어쨌든 무슨 일이든 간에 절대 과장해서 말하면 안 된다. 물론 과장하지 않는 것은 다른 사람들에 비해 내게는 어려운 일이 아니다.

처음 형무소에 갇히면서 가장 괴로웠던 일은 내가 자유로운 사람인 것처럼 생각하고 있었다는 것이다. 이를테면 해변을 거닐다가 바다로

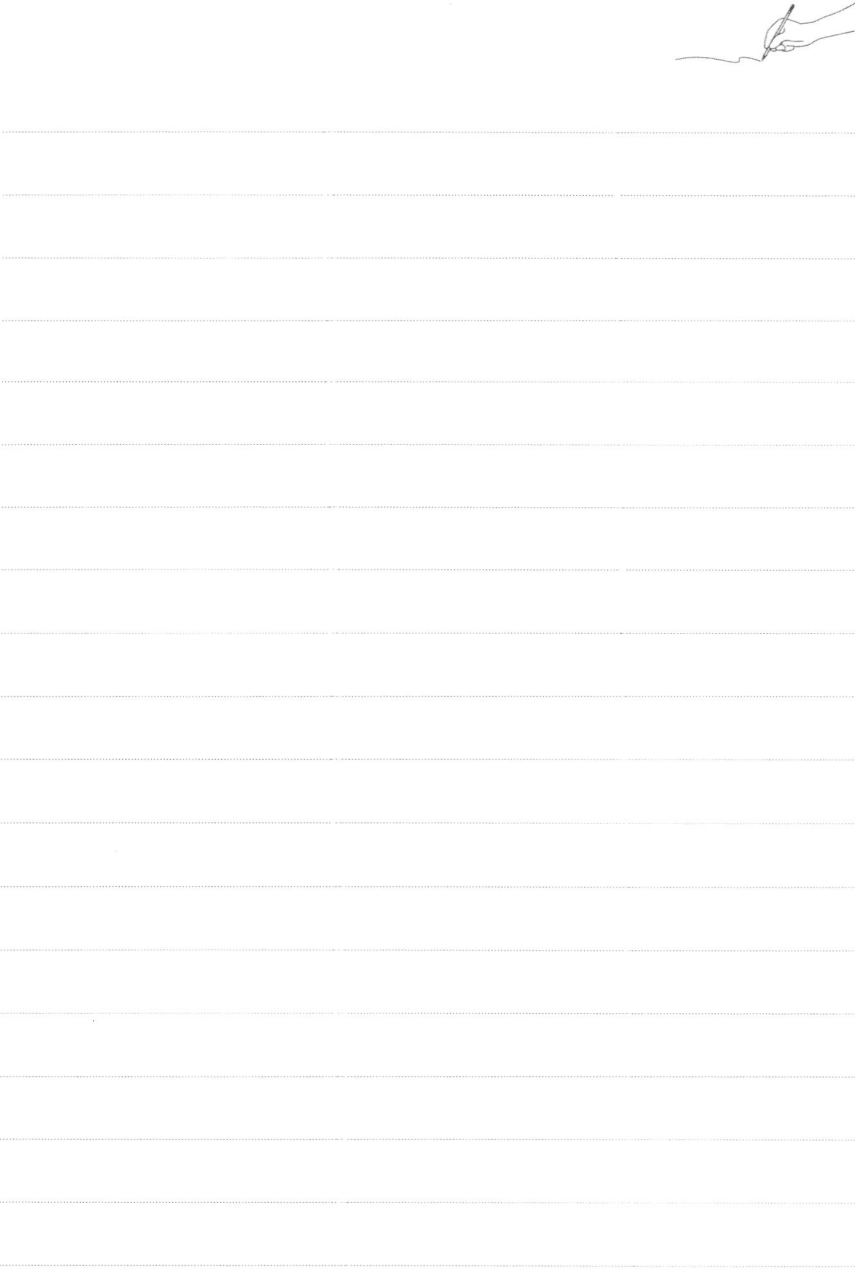

들어가고 싶은 욕망이 생기는 일이었다. 발바닥에 부딪히는 잔잔한 물결, 물속에 몸을 담갔을 때의 느낌, 그것에서 느끼는 해방감 같은 것들을 상상할 때면 갑자기 감옥 벽이 무척 답답하게 느껴졌다.

그러나 그 일은 몇 달 동안만 지속되었다. 그 후에는 죄수로서의 생각만이 남았다. 나는 매일 안뜰에서 산책을 하거나 변호사의 방문을 기다렸다. 나머지 시간은 잘 보낼 수 있었다.

그 당시에는, 만약 마른 나무 둥지 속에 들어가 살게 되어서 머리 위 하늘만 바라보는 것밖에 달리 할 일이 없다고 해도 차츰 그런 생활에 길들여지리라는 생각을 자주 했다.

마치 여기서 변호사가 맨 괴상한 넥타이를 기다리는 것처럼, 혹은 바깥세상에서 마리를 껴안을 것을 기다리며 토요일까지 참고 지냈던 것처럼, 나는 지나가는 새들이나 마주치는 구름들을 기다렸을 것이다. 그렇지만 가만히 생각해 보면 나는 마른 나무 둥지 속에 들어 있는 게 아니었다. 나보다 더 불행한 사람들도 있다. 이건 엄마 생각인데, 사람은 무엇에든 결국은 익숙해지는 법이다.

보통은 그런 지경에까지 이르는 경우는 없었다. 처음 몇 달은 너무나 괴로웠다. 하지만 그때 그 고통이 그 후 몇 달을 지내는 데 도움이 된 것이다. 그 고통 중 하나는 여성에 대한 욕망이었다. 젊으니까 당연한 일이었다. 특별히 마리만을 생각하지는 않았다. 그저 여자, 여자들,

내가 알고 지냈던 모든 여자들, 여러 여자들과 그들을 사랑했던 모든 상황들을 생각하느라 골몰했기 때문에 내 감방은 온통 그 여자들 얼굴과 내 정욕으로 가득 찼다. 어떤 면에서는 그것들이 내 마음을 어지럽게 했지만 한 편으로는 그것 덕분에 시간이 잘 가기도 했다.

나는 마침내 식사 시간마다 주방 보이와 함께 오던 교도소장의 호의를 얻게 되었다. 여자 얘기를 먼저 꺼낸 것도 그였다. 다른 죄수들도 그 문제를 첫째로 호소한다고 했다. 나는 그에게 나도 지구상의 다른 사람들과 똑같으며, 그런 대우를 부당하게 생각한다고 했다.

"그러나 당신들을 형무소에 가두는 건 바로 그것 때문이라오."

그가 말했다.

"그것 때문이라뇨?"

"자유라는 게 바로 그런 거거든요. 당신들한테서 자유를 빼앗는 거 말이오."

나는 한 번도 그것을 생각해 보지 않았지만 그 말에 동의했다.

"참, 그렇긴 하네요. 그렇지 않으면 그게 벌(罰)일 수가 없죠."

"그렇고말고요. 당신은 이해심이 많네요. 다른 사람들은 그렇지 못하죠. 그래도 그들은 결국은 스스로 깨닫게 된답니다."

교도관은 이렇게 말하고 가 버렸다.

담배도 고통거리였다. 형무소로 들어올 때 허리띠, 구두끈, 넥타이,

호주머니에 갖고 있던 모든 것, 특히 담배를 빼앗겼다. 일단 감방으로 들어온 다음에 담배를 돌려 달라고 해 보았지만 그것은 금지된 일이라는 대답을 들었다. 처음 며칠 동안은 무척 괴로웠다. 아마도 그 시간이 가장 나를 쇠약하게 만들었을 것이다. 침대 판자에서 나뭇조각들을 뜯어내서 빨아 보았지만 하루 종일 구역질을 해야 했다. 아무에게도 해가 되지 않을 것을 왜 빼앗는 것인지 이해할 수 없었지만 나중에야 그것도 일종의 벌임을 알게 되었다. 그렇지만 그 무렵에는 담배를 피우지 않는 일에 익숙해져서 나에게는 이미 벌이 아니었다.

그런 불편들을 제외하면 나는 그다지 불행하지도 않았다. 다시 말하자면 시간을 보내는 게 큰 문제였다. 과거를 추억하는 것을 터득한 뒤로는 심심해서 괴로운 일은 없었다. 가끔 내 방을 머릿속에 그렸다. 방 한구석에서 출발해 한 바퀴 돌고, 다시 출발점으로 되돌아오면서 중간중간 있던 것들을 모두 떠올려 보았다. 처음에는 아주 빨리 끝났지만 되풀이할수록 조금씩 길어졌다. 가구를 하나씩 떠올려 보고 그 안에 들어 있던 물건들을 하나하나 생각해 냈으며, 그 물건마다 갈라진 틈이나 이 빠진 가장자리, 무늬, 빛깔이나 결 같은 미세한 부분들까지 모두 생각했기 때문이다. 그와 동시에 내 재산 목록을 만들면서 어느 것 하나 빠뜨리지 않으려고 애를 썼다.

그리하여 몇 주 후에는 내 방 안에 있는 것들을 나란히 머릿속에서

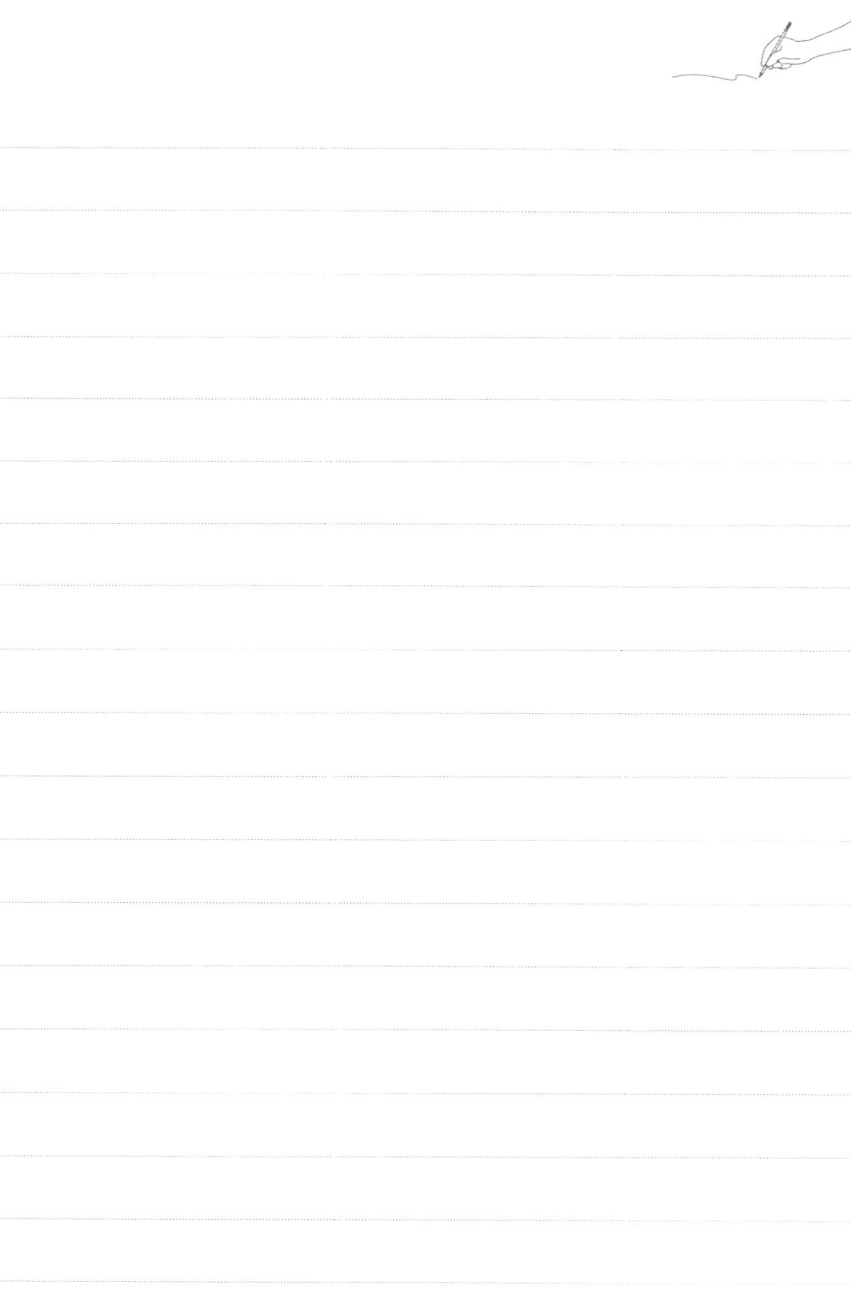

늘어놓는 것만으로도 꽤 시간을 보내게 되었다. 그리고 그런 생각을 하면 할수록 내가 소홀히 했던 것, 잊어버렸던 것들을 기억 저편에서 끌어낼 수 있었다. 그때 나는 바깥세상에서 단 하루만을 산 사람도 감옥에서 백 년 정도는 어렵지 않게 살 수 있다는 것을 깨달았다. 그런 사람이라도 심심하지 않을 정도의 추억거리가 많을 것이다. 어떻게 생각하면 그건 특권이기도 했다.

잠도 고통스럽게 하는 일 중 하나였다. 처음에는 밤에 잠을 자는 것이 어려웠고 게다가 낮에 자는 것은 더더욱 힘들었다. 그러다 차츰 밤에 자는 일이 쉬워졌고 낮에도 조금씩 잘 수 있었다. 마지막 수개월 동안은 하루에 열여섯 시간에서 열여덟 시간씩 자곤 했다. 그리고 남은 여섯 시간은 식사나 대소변, 나의 추억을 떠올리거나 체코슬로바키아 이야기로 보내면 하루가 가는 것이다.

밀짚을 채워 넣은 매트와 침대 판자 사이에서 낡은 신문 조각을 발견했다. 천에 거의 들러붙어 노랗게 바라고 앞뒤가 비쳐 보였다. 첫 대목은 떨어져 나갔지만 체코슬로바키아에서 일어난 것 같은 잡다한 뉴스거리가 실려 있었다.

어떤 남자가 체코 어느 마을을 떠나 돈벌이를 하러 갔다가 이십오 년 후에 부자가 되어 아내와 어린아이를 데리고 돌아왔다. 그의 어머니는 누이와 함께 마을에서 여관을 하고 있었는데 사내는 그들을 놀

래 주기 위해 아내와 아이를 다른 여관에 두고 어머니 여관으로 갔다.

그는 장난삼아 방을 하나 잡으려는 생각을 했고 자기가 지닌 돈을 보여 주었다. 밤이 되자 그의 어머니와 누이는 그를 망치로 때려죽인 후 돈을 훔치고 시체를 강에 던져 버렸다. 아침이 되어 아무것도 모르는 그의 아내가 찾아와 남자의 신분을 밝혔다. 어머니는 목을 매고 누이는 우물 속으로 몸을 던졌다.

나는 그 이야기를 수천 번은 읽은 것 같다. 있을 것 같지 않은 이야기이기도 했고 한편으로는 있을 법도 한 이야기였다. 어쨌든 내가 느낀 것은, 사내에게도 책임이 있으며 절대 장난치면 안 된다는 것이었다.

그처럼 잠을 자고, 지나간 일을 돌이켜보고, 하찮은 기사를 읽는 동안 빛과 어둠이 바뀌었고 시간은 흘렀다. 감옥에 있으면 시간관념이 없어진다는 얘기는 나도 분명히 읽은 적이 있었다. 그러나 그때 내게 시간관념은 별로 중요하지 않았다. 하루가 얼마나 길고 동시에 얼마나 짧을 수가 있는 것인지 알지 못했다. 지내기에는 물론 길었지만, 하루하루가 너무나도 길게 늘어지는 바람에 하루가 다른 하루로 흘러넘쳐 경계가 없어지고 마는 것이다. '하루'는 그렇게 이름이 사라졌고, 어제나 내일이란 단어만이 내게 의미가 있었다.

어느 날 교도관이 내가 이곳에 온 지 다섯 달이 지났다는 말을 해 주었을 때 그 말을 믿기는 했지만 이해가 되지는 않았다. 나에게는 언

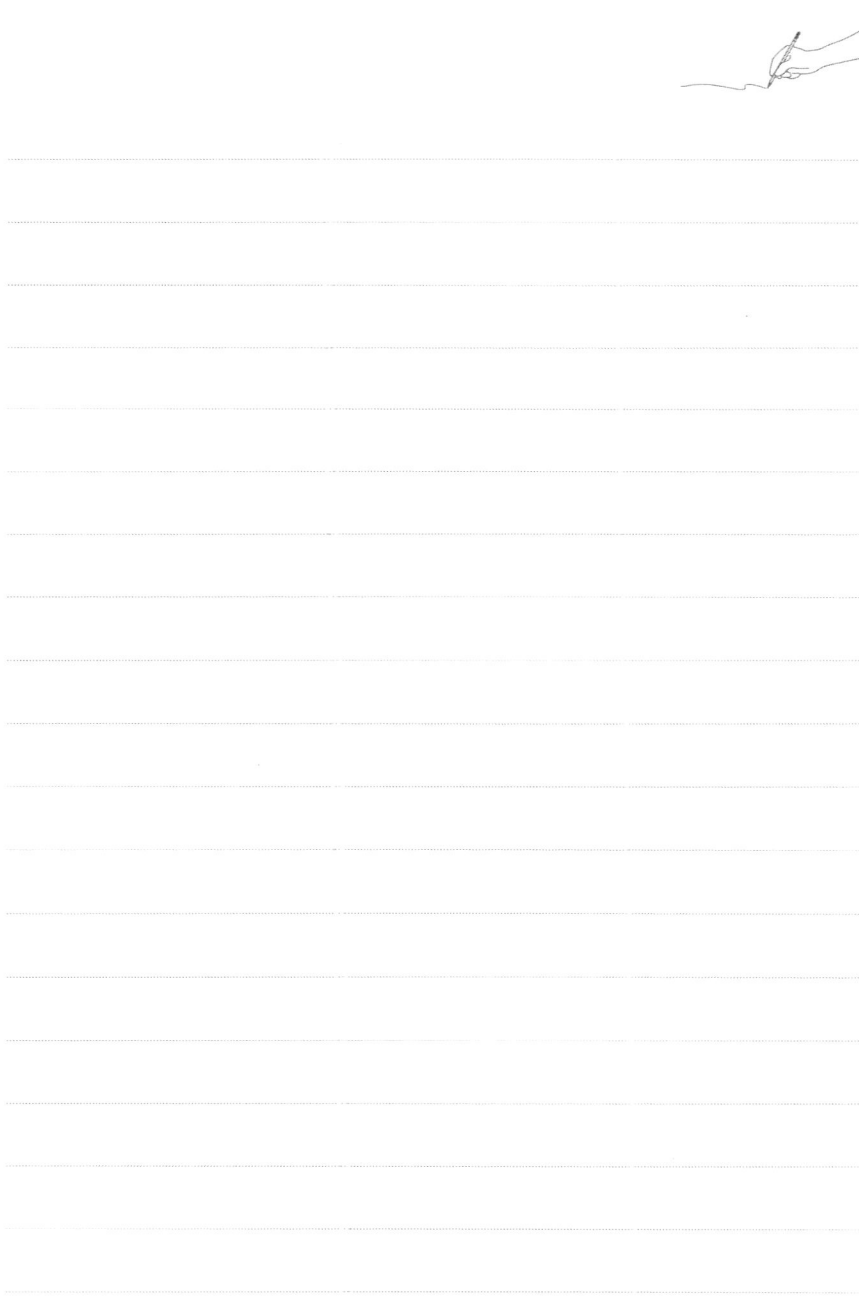

제나 같은 날이 끊임없이 내 감방으로 밀려오고 언제나 같은 일을 계속하고 있을 뿐이었던 것이다. 그 날 그가 간 후에 나는 양철 밥그릇에 비친 내 얼굴을 들여다보았다. 그것을 보고 아무리 웃으려고 해도 내 모습은 여전히 정색을 한 얼굴이었다. 앞에서 흔들어도 보고 미소도 지어 보았으나 비친 얼굴은 여전히 심각하고 음침하기만 했다.

날이 저물고 있었다. 내게는 이야기하고 싶지 않은 시간, 뭐라고 표현하기 어려운 시간이었다. 형무소 모든 층에서 저녁의 소리들이 고요히 줄지어 올라오는 그런 시간이었다. 나는 천장에 뚫린 창문으로 다가가 마지막 빛 속에서 다시 한 번 내 모습을 들여다보았다. 여전히 심각한 표정이었다. 하기야 항상 무뚝뚝한 얼굴을 하고 있었으니 창문에 비친 얼굴이 그렇다고 해서 놀랄 것도 아니었다.

그와 동시에, 몇 달 만에 처음으로 나는 내 목소리를 똑똑히 들을 수 있었다. 그것이 이미 오래전부터 귀에 울리던 소리이며, 내가 그동안 혼잣말을 해 왔다는 것도 깨달았다.

그때 엄마 장례식 날 간호사가 했던 말이 생각났다. 맞다, 정말 빠져 나갈 길은 없는 것이다. 게다가 그 누구도 형무소의 밤이 어떨지 감히 상상할 수 없다.

— 3 —

 사실 그 여름은 빨리 지나가고 또 다른 여름이 왔다고 할 수 있다. 첫더위가 심해지면서 내게 어떤 새로운 일이 생길 것이라는 것을 알고 있었다. 내 사건은 중죄 재판소의 맨 마지막 회기에 심의할 예정으로 기록되어 있었는데 이 회기는 유월로 끝나는 것이었다.
 공판이 열렸던 날은 밖에 햇볕이 가득한 날이었다. 공판은 이삼 일이 넘지는 않을 것이라고 변호사가 단언했다.
 "게다가 당신 사건이 이번 회기에서 가장 중요한 사건은 아니니 재판정에서도 서두를 겁니다. 그다음에 바로 존속살해범에 대한 공판이 열리거든요."
 나는 아침 일곱 시 삼십 분에 호송차로 법원까지 실려 갔다. 그리고 두 교도관의 지시대로 어두침침한 작은 방에 들어가 기다렸다. 옆에 있던 문 너머에서 떠들썩한 소리가 새어 나왔다. 말소리, 누군가를 부르는 소리, 음악, 의자 끄는 소리들은 이 동네 축제에서 연주회가 끝난 후 춤을 추기 위해 홀을 정리할 때를 연상시켰다.
 교도관들은 재판이 열리기까지 기다려야 한다면서 담배를 권했지만 나는 거절했다. 조금 뒤에 담배를 권했던 교도관이 내게 떨리느냐

고 물었다. 내가 아니라고 대답하고는 어떤 의미에서는 재판 구경을 한다는 게 대단히 흥미 있다고도 했다. 평생 그런 기회가 없었기 때문이었다.

"볼만하기야 하지요. 하지만 나중엔 싫증이 나고 말지요."

다른 교도관이 말했다.

얼마 뒤에 벨 소리가 방 안에 작게 울렸다. 교도관들은 내 수갑을 풀고 문을 열어 나를 피고석으로 들여보냈다. 법정은 터질 듯 가득 차 있었다. 블라인드가 내려져 있는데도 빛은 이곳에 스며들어 있었고, 공기는 이미 숨쉬기조차 힘든 상태였다. 심지어 유리창마저 닫혀 있었다. 내가 의자에 앉자 교도관들도 내 양옆으로 앉았다.

내 앞에 나란히 앉은 사람들 얼굴도 그제야 눈에 띄었다. 모두 나를 바라보고 있었다. 그들이 배심원이라는 것을 깨달았다. 하지만 그 얼굴들이 하나하나 구분되지는 않았다. 내가 받은 인상은 단 하나였다. 내 앞에 전차 좌석이 있는데, 그곳에 나란히 앉은 이름 모를 승객들이 새로 전차에 올라탄 승객을 훑어보며 웃음거리가 있나 살펴보려는 그런 것 말이다. 그게 어리석은 생각이라는 것은 나도 알았다. 배심원들이 찾고 있는 것은 웃음거리가 아니라 범죄였기 때문이다. 그러나 그것은 큰 차이가 없었고 어쨌든 그런 생각이 떠올랐다는 것뿐이다.

나는 또 그 방 안에 모인 사람들 때문에 어리둥절해졌다. 재판정 안

을 죽 훑어보았으나 누구의 얼굴도 알아볼 수가 없었다. 처음에는 그 모든 사람들이 나를 보려고 그리도 많이 모여들었다는 것을 알아차리지 못했던 것 같다. 평소에는 사람들이 내게 관심을 기울이지 않았기 때문이다. 내가 논란의 중심에 있다는 것을 이해하기까지는 노력이 필요했다.

"많이도 모였군요!"

내가 교도관에게 말하자 그는 이게 다 신문 탓이라며 배심원 아래쪽에 앉은 무리를 가리켰다.

"저기 보이죠?"

그가 말했다.

"누구죠?"

"신문기자들 말이오."

교도관과 아는 사이라는 기자 한 명이 우리를 보더니 걸어왔다. 나이가 지긋한 남자로, 찡그렸지만 호감이 가는 얼굴을 하고 있었다. 그는 매우 다정하게 교도관의 손을 잡았다.

그때 나는 모든 사람들이 서로 아는 얼굴을 찾아 말을 건네고 대화를 나누는 게 마치 같은 세계에 속한 사람들끼리 서로 만나 즐거워하는, 무슨 클럽에 와 있는 듯한 느낌을 받았다. 그 속에 나는 쓸데없는, 마치 침입자 같다는 이상한 느낌을 지울 수가 없었다.

그때 신문기자가 웃으며 내게 말을 건넸다. 그는 모든 것이 내게 유리하게 잘 풀리기를 바란다고 했다. 나는 고맙다고 인사했다. 기자가 말했다.

"우리는 당신 사건을 좀 부풀려서 썼어요. 여름철은 신문사에겐 불황기거든요. 기삿거리가 될 만한 건 당신 사건하고 존속살해 건밖에 없었어요."

그러고는 방금 앉아 있던 그 무리 가운데 살진 족제비처럼 작고, 큼지막한 검은 테 안경을 쓴 사나이를 가리켰다. 파리에 있는 모 신문사에서 온 특파원이라고 했다.

"하지만 당신 때문에 온 건 아니에요. 존속살해 건을 맡았는데 당신 사건도 한꺼번에 기사화하라는 지시를 받았답니다."

그 말을 하는데 나는 하마터면 감사하다는 인사를 또 할 뻔했다. 하지만 그건 같잖은 일이 될 것 같았다. 그는 내게 다정스럽게 손짓을 해 보이고 제자리로 돌아갔다. 우리는 다시 몇 분을 더 기다려야 했다. 나의 변호사는 법복을 입고 동료들에게 북적북적 둘러싸여 들어왔다. 그는 신문기자들에게 가서 악수를 하고 농담을 주고받으며 웃기도 하고 아주 느긋해 보였다. 마침 법정 안에 종이 요란하게 울렸다. 모두 자기 자리로 돌아갔고 변호사는 내게로 와서 악수를 청했다. 질문을 받으면 짧게 대답하고, 먼저 말하지 말고, 모든 일을 자기에게 맡

기라고 충고했다.

왼쪽에서 의자 당기는 소리가 들리더니 붉은색 법복을 입고 코에 안경을 걸친, 큰 키에 호리호리한 사내가 옷을 여미며 조심스레 앉는 것이 보였다. 검사였다. 서기 한 사람이 개정을 알렸다. 동시에 커다란 선풍기 두 대가 윙윙거리며 돌아갔다. 검은 옷의 판사 두 사람, 붉은 옷의 판사 한 사람이 서류를 갖고 들어와 높이 자리한 재판장석으로 빨리 걸어갔다.

붉은 옷을 입은 사람이 중앙에 앉아 법관 모자를 앞에 벗어 놓고 조그만 대머리를 손수건을 훔치고 나서 재판 개정을 선언했다.

신문기자들은 벌써부터 만년필을 손에 쥐었다. 그들 모두 약간 비웃는 태도 아니면 무심한 태도를 보였다. 그런데 그들 중 회색 플란넬 양복과 하늘색 넥타이를 맨 무척 젊은 기자 한 명만은 만년필을 앞에 놓고 나를 바라보고 있었다. 균형이 잘 잡히지 않은 얼굴에서 맑은 두 눈만이 보였다. 그 눈은 어떤 명확한 표정도 없이 나를 세심하게 관찰하고만 있었다. 그러자 내 눈으로 내 자신을 보고 있는 것 같은 이상 야릇한 느낌을 받았다.

아마도 그 느낌 때문에, 게다가 내가 그곳 관례를 몰랐기 때문에 나는 그다음에 일어난 일들을 잘 이해할 수가 없었던 모양이다. 배심원들의 추첨과 변호사, 검사, 배심원에 대한 재판장의 질문(질문을 받을

때마다 배심원들은 하나같이 재판장석으로 고개를 돌렸다), 기소장을 읽는 빠른 목소리(그 속에는 내가 아는 지명과 사람들 이름도 있었다), 그리고 다시 내 변호사에 대한 질문이 이어졌다.

재판장이 증인 호출을 하겠다고 말했다. 서기가 이름을 부르는데 그 이름들이 내 관심을 끌었다. 여태까지 흐릿하게만 보이던 방청객들 속에서 한 사람씩 일어나더니 옆문으로 사라지는 것이 보였다. 양로원 원장, 관리인, 토마 페레 영감, 레몽, 마송, 살라마노, 마리. 그중에서도 마리는 내게 걱정스럽다는 신호를 작게 보냈다.

나는 아직도 그들이 처음부터 눈에 띄지 않았던 것에 놀라고 있었다. 그때 끝으로 셀레스트가 호명되어 일어섰다. 그의 곁에는 언젠가 식당에서 보았던 키가 작은 여자가 재킷을 입고 단호한 표정으로 앉아 나를 뚫어지게 바라보고 있었다. 그러나 재판장이 또 무슨 얘긴가를 시작했기 때문에 생각을 할 여유가 없었다. 재판장은 이제부터 정식 심리가 시작될 것이며 방청인들에게 정숙하라는 말을 새삼스레 할 필요조차 없을 것이라고 말했다. 사건의 심리를 공명정대하게 진행하는 것이 자기가 할 일이며, 객관적인 눈으로 사건을 검토하겠다고도 했다. 배심원들이 내리는 판정 또한 정의의 정신에 입각해서 처러질 것이며, 조그만 불상사라도 생긴다면 방청인들에게는 퇴장을 명령하겠다고 했다.

더위는 점점 심해져서 방청객들이 신문으로 부채질하는 탓에 부스럭거리는 소리가 끊임없이 들려왔다. 재판장이 손짓을 하자 서기가 짚으로 엮은 부채 세 개를 가져왔고 그 즉시 세 판사도 부채질을 시작했다.

곧 심문이 시작되었다. 재판장은 부드럽고 다정스럽기까지 한 말투로 내게 질문을 했다. 또다시 신분을 대라고 했다. 짜증이 나기는 했지만 다른 사람으로 잘못 알고 재판을 하면 너무나 심각한 일이 될 테니 당연하다고 생각했다.

다음으로 재판장이 내가 한 일에 대해 이야기를 시작했다. 두서너 마디 한 후에 매번 "그렇지요?" 하고 내게 확인했고, 나는 변호사의 지시대로 "네, 재판장님." 하고 대답했다. 재판장이 매우 세밀한 부분까지 일일이 따졌기 때문에 시간이 오래 걸렸다. 그동안 신문기자들은 계속 받아 적었다. 젊은 기자와 마치 로봇같이 작은 여인의 시선이 느껴졌다. 여전히 전차 안에 앉은 것 같은 배심원들은 일제히 재판장을 향해 고개를 돌리고 있었다. 재판장은 기침을 해 대고 서류를 뒤적이고 부채질을 하면서 나를 바라보았다.

재판장은 내게 이제부터 사건과는 아무런 관계도 없는 것처럼 보이지만 실상은 매우 밀접한 관계가 있을법한 질문들을 하겠다고 말했다. 나는 또 엄마 이야기가 시작된다는 것을 알아차렸고 무척 귀찮게

느껴졌다. 왜 엄마를 양로원에 보냈느냐고 그가 물었다. 나는 엄마를 부양할 돈이 없었기 때문이라고 대답했다.

그는 내게 그것이 비용 면에서 부담이 되는 일이었느냐고 물었고, 나는 엄마나 나나 이미 서로에게 아무것도 기대할 게 없었고 다른 누구에게도 기대하지 않았으며, 우리는 각자 새로운 생활에 익숙해져 버렸다는 대답을 했다. 그러자 재판장은 그 점에 관해서는 더 묻지 않겠다면서 검사에게 다른 질문이 없느냐고 물었다.

검사는 내게 반쯤 등을 돌린 채 나를 보지도 않고, 재판장이 허락한다면 내가 아랍인을 죽일 의도로 혼자 샘으로 되돌아간 것인지 묻고 싶다고 했다.

"아닙니다."

내가 말했다.

"그럼 무기는 왜 가지고 있었고, 다른 곳도 아닌 바로 그 장소로 되돌아간 이유는 무엇입니까?"

나는 그것은 순전히 우연이었다고 말했다.

"지금은 이 정도로 하겠습니다."

검사가 별로 좋지 않은 어조로 말했다. 그런 뒤 모든 게 조금 불확실해졌다. 적어도 나는 그렇게 느꼈다. 잠시 의논을 하더니 재판장은 휴정을 선언했고 오후에 증인 심문이 있을 것이라고 말했다.

나는 생각해 볼 틈도 없이 끌려 나와 호송차에 실려 형무소로 돌아간 후 점심을 먹었다. 잠깐의 겨를도 없이, 피곤함을 느끼려던 순간에 다시 불려 나갔다. 모든 게 다시 시작되었고 같은 법정, 같은 얼굴들 앞에 앉았다. 더위는 훨씬 더 심해졌고 마치 기적이라도 일어난 듯 모든 배심원들과 검사, 변호사, 몇몇 신문기자들 손에까지도 밀짚 부채가 들려 있었다. 젊은 기자와 그 작은 여자도 여전히 거기 있었다. 그러나 그들은 부채질은 하지 않고 말없이 계속 나를 바라보고만 있었다.

나는 얼굴에 흐르는 땀을 닦았다. 양로원 원장 이름을 부르는 소리를 들었을 때 비로소 그 법정과 나 자신에 대한 인식을 제대로 할 수 있었다. 엄마가 나에 대해 불평을 했느냐는 질문에 원장은 그렇다고 하면서, 그러나 불평을 해 대는 것은 양로원의 노인들이 가진 이상한 버릇 같은 것이라고 덧붙였다.

양로원에 넣은 것에 대해 엄마가 나를 못마땅하게 여겼냐는 질문에 원장은 또 그렇다고 대답했다. 이번에는 아무런 설명도 하지 않았다. 또 다른 질문에는 그는 장례식 날 무덤덤한 나를 보고 놀랐다고 대답했다. '무덤덤하다'는 게 무슨 뜻이냐고 재판장이 따져 물으니 원장은 잠시 구두코를 내려다보고 있다가 말을 이었다. 내가 엄마를 보려 하지도 않았고 눈물도 한번 흘리지 않았으며, 장례식이 끝난 후에도 무덤 앞에서 묵념을 올리지도 않고 곧장 물러나더란 얘기였다. 그를 놀

라게 한 일이 하나 더 있었는데, 장의사 일꾼 한 사람에게서 내가 엄마 나이도 모르더라는 얘기를 들었다는 것이었다. 잠시 침묵이 흐르고 재판장이 원장에게 여태까지 했던 발언이 모두 나에 관한 것이 틀림없느냐는 질문을 했다. 원장이 그 질문을 이해하지 못하자 재판장은 "원칙상 해야 하는 질문입니다."라고 말했다. 그런 다음 검사에게 증인에 대한 질문이 없느냐고 묻자 "아! 없습니다. 그만하면 충분합니다." 하고 검사가 외쳤다. 그 목소리가 하도 크고, 나를 향한 눈초리가 무척이나 의기양양해서 나는 멍청하게도 여러 해 만에 처음으로 울음을 터뜨릴 것만 같았다. 그 자리의 모든 사람들이 나를 얼마나 혐오하는지 느껴졌기 때문이다.

배심원 측과 변호사에게 질문이 없는지를 물은 다음 재판장은 관리인의 진술을 들었다. 그에게도 다른 증인들에게 했던 절차가 되풀이되었다. 자리에 나와 서면서 관리인은 나를 보더니 이내 눈길을 돌리고는 질문에 대답했다. 내가 엄마를 보고 싶어 하지 않았다, 엄마의 시신 앞에서 담배를 피웠다, 잠을 잔 후 밀크 커피를 마셨다는 이야기를 했다. 그때 나는 방청석 전체를 술렁거리게 만든 무언가를 느꼈다. 처음으로 내가 죄인이라는 것을 깨달았다. 재판장은 관리인에게 밀크 커피와 담배 얘기를 다시 한 번 하게 했다. 검사는 조금 비웃는 듯한 눈초리로 나를 빤히 보았다. 그때 내 변호사가 관리인에게 그도 나와

함께 담배를 피운 것은 아니냐고 물었다. 그러나 이 질문을 듣자 검사가 거칠게 일어섰다.

"지금 누가 죄인입니까? 결정적인 증거를 과소평가하기 위해 증인을 욕되게 하는 이런 방식은 또 뭐죠?"

검사가 외쳤지만 재판장은 질문에 대답하라고 관리인에게 말했다. 관리인은 당황한 듯 보였다.

"잘못이었다는 건 압니다. 하지만 저분이 권한 담배를 차마 거절할 수가 없었습니다."

끝으로 내게 덧붙일 말이 없느냐고 재판장이 물었다.

"없습니다. 다만 증인의 말은 사실입니다. 내가 그에게 담배를 권했습니다."

내가 대답하자 관리인은 약간의 놀람과 동시에 감사의 뜻이 담긴 눈길로 나를 바라보았다. 그리곤 잠시 망설이다가 밀크 커피를 권한 사람은 자기라는 말을 했다. 내 변호사는 의기양양해져서 배심원들은 그 점을 충분히 고려해야 한다고 외쳤다. 그러나 검사가 우리들 머리 위로 고함을 지르며 말했다.

"맞습니다. 물론 배심원들께서는 그 점을 고려하셔야 합니다. 그리고 배심원들께서는 증인처럼 아무런 관계가 없는 사람이야 커피를 권할 수도 있겠지만, 아들은 자기를 낳아 준 어머니 시신 앞에서 그것을

사양해야 했었다는 결론을 내리셔야 합니다."

관리인은 자기 자리로 돌아갔다.

토마 페레 차례가 되자 서기는 그를 증인대까지 부축해야 했다. 페레는 어머니를 특별히 잘 알고 있었으며 장례식 날 딱 한 번 나를 만났다고 했다. 그는 그날 내 행동이 어땠느냐는 질문을 받았다.

"저는 그날 너무 슬펐습니다. 그래서 아무것도 못 봤습니다. 가슴속 슬픔으로 아무것도 눈에 보이지 않았어요. 내겐 아주 엄청난 슬픔이라 기절까지 했답니다. 그래서 저분을 못 봤습니다."

검사는 내가 눈물을 흘리는 것을 봤느냐고 물었고 페레는 보지 못했노라고 대답했다.

"배심원들께서는 이 점을 고려하실 겁니다."

검사가 이렇게 말하자 변호사가 무척 화를 냈다. 그는 내가 생각하기에도 과장된 목소리로 페레에게, 내가 눈물을 흘리지 않는 것을 보았느냐고 물었다. 페레는 보지 못했다고 대답을 했다. 방청객들이 웃어 댔다. 변호사가 한쪽 소매를 걷어붙이면서 단호하게 말했다.

"이 재판은 모두 이런 식입니다. 모든 게 사실이라지만, 사실인 것이 하나도 없습니다."

하지만 검사는 무표정하게 연필로 문서를 쿡쿡 찌르기만 했다.

오 분의 휴식 동안, 변호사는 내게 모든 게 잘되어 가는 중이라고

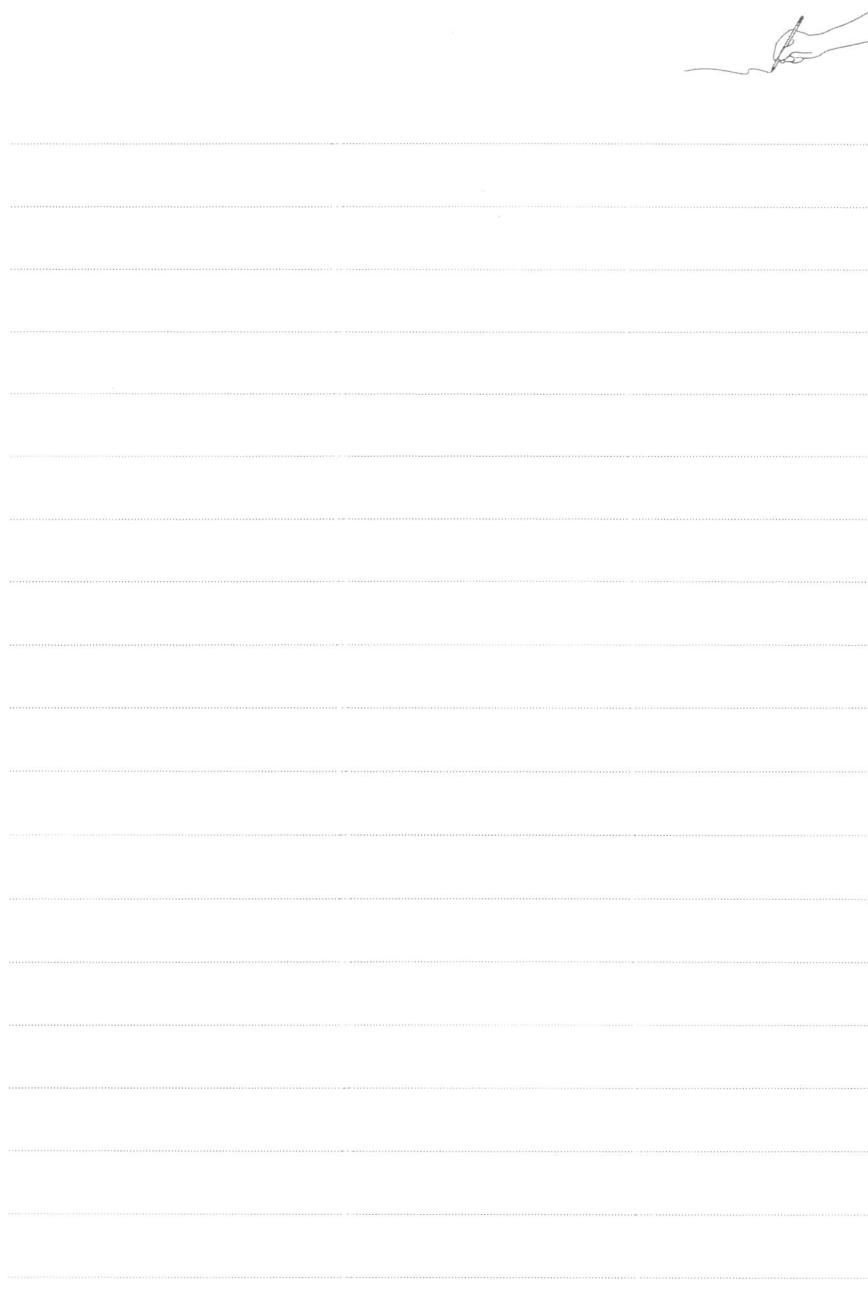

했다. 휴식이 끝나고 피고 측, 즉 내 쪽에서 요청한 셀레스트가 나와서 진술을 했다. 셀레스트는 간간이 내 쪽을 보면서 두 손으로 모자를 돌렸다. 그는 가끔 일요일에 나와 함께 경마를 보러 갈 때 입던 새 옷을 입었다. 그의 셔츠에 구리 단추 하나만이 채워져 있는 것을 보니 칼라는 달지 못했던 것 같았다.

내가 그의 손님이었느냐는 질문에 "맞습니다. 하지만 친구이기도 했습니다."라고 대답했다. 나를 어찌 생각하느냐는 물음에는 사나이라고 생각한다고 대답했다. 사나이란 무슨 뜻이냐고 물으니 그게 무슨 뜻인지는 누구나 다 안다고 했다. 내가 내성적인 사람인 줄은 알고 있는지 물으니 내가 평소에 무의미한 말을 뱉지 않았다고만 대답했다. 검사가 식비는 꼬박꼬박 냈느냐고 물었다. 셀레스트는 한 번 웃은 후에 "그건 우리 두 사람만의 일입니다."라는 대답을 했다.

그가 다시 내가 저지른 범죄에 대해 어떻게 생각하느냐고 묻자 셀레스트는 증언대 위에 손을 올려놓았다. 할 말을 미리 준비한 것처럼 보였다.

"내가 생각할 때 그건 아주 불행한 일입니다. 불행이라고요. 그게 뭔지는 누구나 알 겁니다. 어쩔 도리가 없지요. 그럼요, 내가 볼 때 그건 불행입니다."

그가 계속하려고 했으나 재판장이 그만하면 됐다고, 수고했다고 말

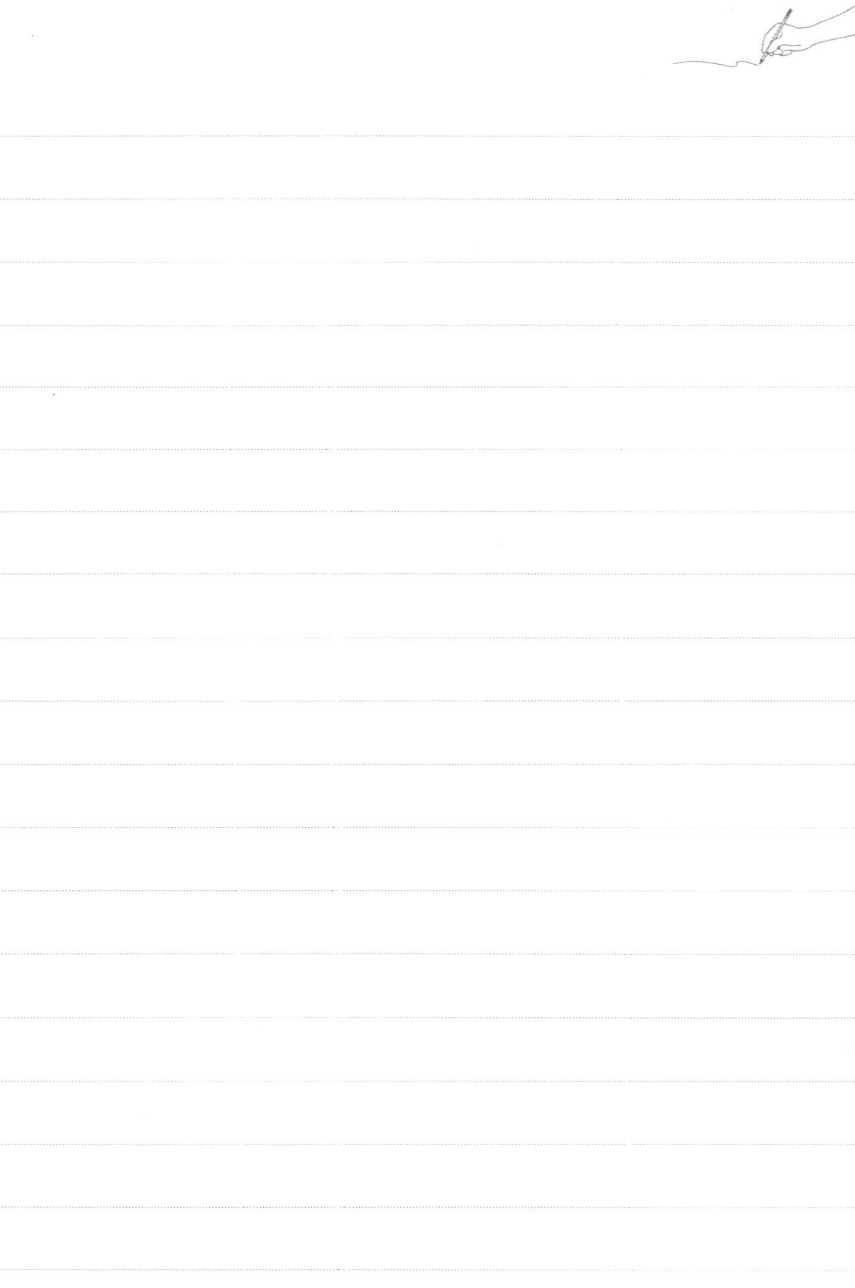

했다. 셀레스트는 한동안 어리둥절해 있다가 좀 더 말하고 싶다고 했다. 재판장은 간단하게 하라고 했다. 그는 또 그게 불행이라는 말을 되풀이했다. 그러자 재판장이 말했다.

"네, 잘 알았습니다. 하지만 우리는 그런 불행을 판결하기 위해 여기 모여 있는 겁니다. 고맙습니다."

셀레스트는 최선을 다했지만 더 이상 어쩔 수 없다는 듯 나를 돌아보았다. 그의 두 눈은 번쩍였고 입술은 떨리는 것처럼 보였다. 자기가 무엇을 더 하면 좋겠느냐고 묻는 것처럼 보였다. 나는 어떤 말이나 몸짓도 하지 않았지만 누군가를 껴안고 싶은 마음이 생긴 것은 그때가 처음이었다.

재판장이 그를 물러나게 했다. 셀레스트는 다시 자기 자리에 가서 앉았다. 그리고 나머지 심문이 끝날 때까지 몸을 약간 앞으로 기울여 무릎에 팔꿈치를 괴고 모자를 두 손으로 잡은 채 오가는 모든 이야기를 귀 기울여 들었다.

마리가 증인석에 섰다. 모자를 쓴 모습이 여전히 아름다웠다. 그러나 나는 머리를 풀어헤친 모습이 더 좋았다. 내가 앉은 곳에서도 불룩 솟은 그녀의 젖가슴과 여전히 도톰한 아랫입술을 알아볼 수 있었다. 그녀는 무척 긴장되어 보였다.

우선 언제부터 나를 알았느냐는 질문이 나왔다. 그녀는 우리 회사

에서 같이 일했을 때를 말해 주었다. 재판장은 우리가 어떤 사이인지 궁금해 했다. 마리는 친구라고 했다. 다른 질문을 받은 후에는 결혼을 하기로 한 것은 사실이라고 대답했다.

서류를 뒤적이던 검사가 갑자기 우리 관계가 시작된 것이 언제부터였냐고 물었다. 마리가 그 날짜를 말했다. 검사는 무심한 표정으로 그날은 엄마 장례식 다음 날인 것 같다는 지적을 했다. 그런 뒤 약간 비웃는 말투로, 그런 미묘한 상황을 일일이 물어보고 싶지도 않고 마리의 입장도 이해할 수 있지만(여기서 그의 말투가 조금 더 딱딱해졌다), 자기는 의무상 어쩔 수 없이 예의에 벗어날 수밖에 없다고 말했다. 그러더니 나와 처음 관계를 맺게 된 그날의 일을 간략하게 설명해 달라고 했다.

마리는 말하고 싶어 하지 않았지만 검사의 강요에 못 이겨 해수욕을 한 일, 극장에 갔던 일, 우리 집으로 돌아온 일을 이야기했다. 검사는 예심에서 마리의 진술을 듣고 그날의 영화 프로그램을 조사했다면서 마리에게 무슨 영화를 봤는지 직접 말해 달라고 했다. 마리가 무미건조한 목소리로 페르낭델이 나오는 영화라고 말했다. 그 말이 끝나자마자 장내는 쥐죽은 듯 조용해졌다. 검사가 엄숙하게 일어서서 무척 감동적인 목소리로 나를 손가락질해 가며 천천히 말했다.

"배심원 여러분, 어머니가 돌아가신 바로 그다음 날 이 사람은 해수

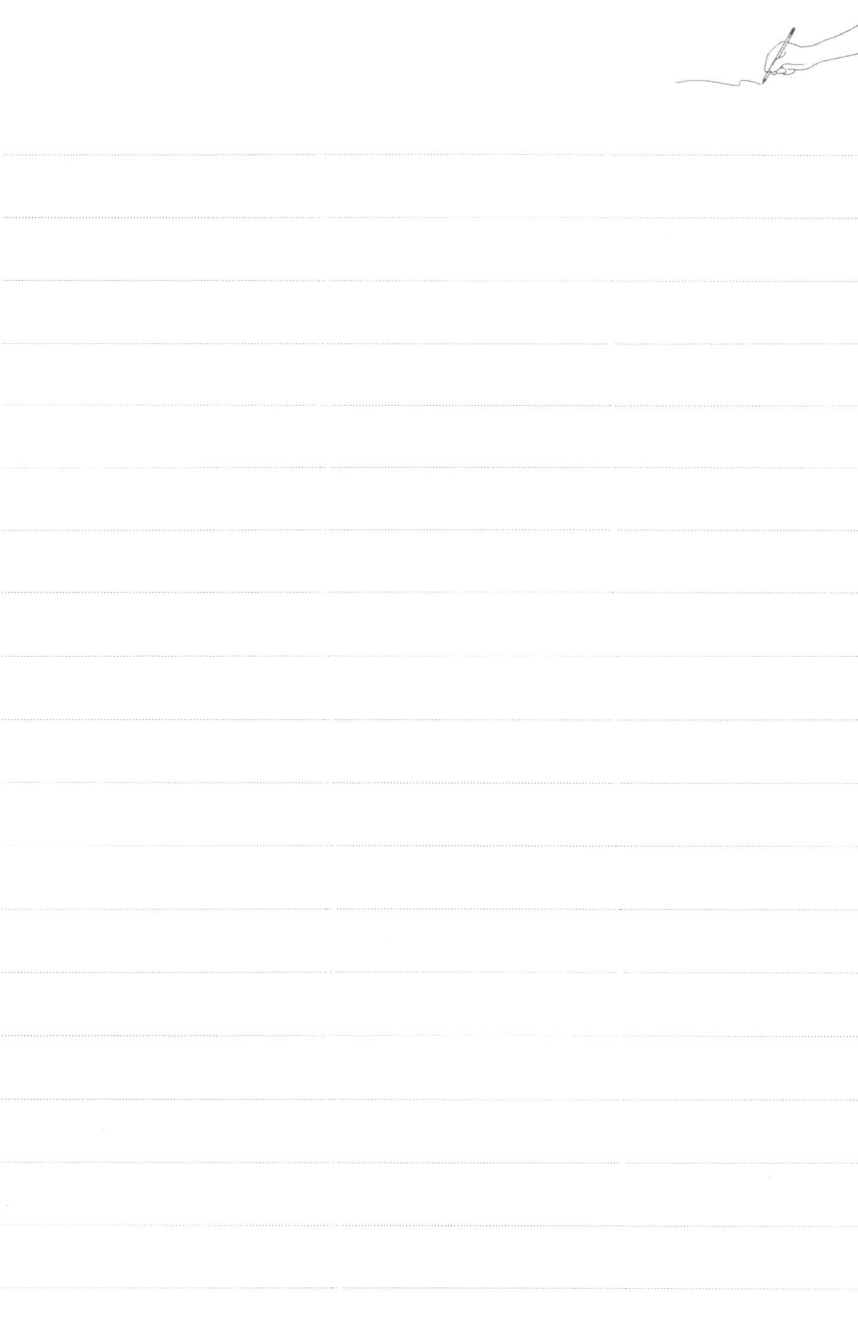

욕도 하고, 육체관계를 맺는가 하면, 희극영화를 보러 가서 시시덕거리고 웃었던 겁니다. 이상입니다."

여전히 조용한 가운데 검사가 말을 마치고 자리에 앉았다. 갑자기 마리가 흐느껴 울기 시작했다. 그러면서 그게 아니었다고 다른 것도 있었다고 말했다. 자기 생각과 반대되는 말을 하도록 강요받았다는 이야기와 나를 잘 알고 있는데 나는 나쁜 짓을 할 사람이 아니라고도 말했다. 재판장이 손짓하자 서기가 그녀를 데리고 나갔다. 심문은 계속되었다.

그다음은 마송 차례였다. 그는 내가 얌전한 사람이고, '그뿐만 아니라 친절하고 정직한 사람'이라고 했지만 아무도 주의 깊게 들으려고 하지 않았다.

살라마노가 나와서 내가 그의 개 일로 친절하게 대해 주었다는 것을 회상했을 때도, 내가 엄마와 딱히 나눌 이야기가 없었기 때문에 엄마를 양로원에 보낸 것이라고 말했을 때도 들어 주는 사람은 아무도 없었다. "이해해야 합니다. 이해해야 한단 말입니다." 살라마노가 말했지만 이해해 주는 사람은 아무도 없는 것 같았다. 그도 끌려 나갔다.

그리고 마지막 증인인 레몽의 차례가 되었다. 그는 내게 슬쩍 손짓을 하고는 대뜸 내가 결백하다고 말했다. 하지만 재판장은 그에게 사실을 요구하는 것이지 판단을 요구하는 것이 아니라며, 질문을 잘 듣

고 대답을 하라고 주의를 주었다.

　재판장이 레몽과 피해자가 어떤 관계에 있었는지를 정확히 말하라고 했다. 레몽은 자기가 피해자의 누이 뺨을 때린 후로 피해자가 자기를 미워했다고 말했다. 재판장은 피해자가 날 미워할 이유는 없느냐고 물었다. 레몽은 내가 그 바닷가에 같이 있었던 것은 그저 우연이라고 했다.

　그러자 검사가 사건의 발단이 된 편지를 왜 내 손으로 쓴 것이냐고 물었고 레몽은 그것 역시 우연이었다고 답했다. 검사는 이 사건에서 우연이 너무 많이 등장했노라고 반박했다. 그는 레몽이 정부의 뺨을 때렸던 걸 '우연찮게' 내가 말리지 않았고, 내가 '우연찮게' 경찰서에 가서 증인이 되어 주었고, 게다가 그 증언이라는 것이 '우연찮게' 온통 레몽을 두둔하는 내용이었냐고 물었다.

　마지막으로 그는 레몽에게 직업이 무엇이냐고 물었다. 레몽이 '창고 감독'이라는 대답을 하자 검사는 배심원들에게 증인이 포주 노릇을 하고 있다는 것을 모든 사람이 다 안다고 말했다. 거기다 나는 그의 공범인 동시에 친구이고, 이 사건은 야비한 음란 범죄로, 피고가 부도덕한 탓에 더욱 가증스럽다고 했다. 레몽은 변명을 하고 싶어 했고 내 변호사도 항의를 했지만 재판장은 검사의 말을 끝까지 들어야 한다고 말했다.

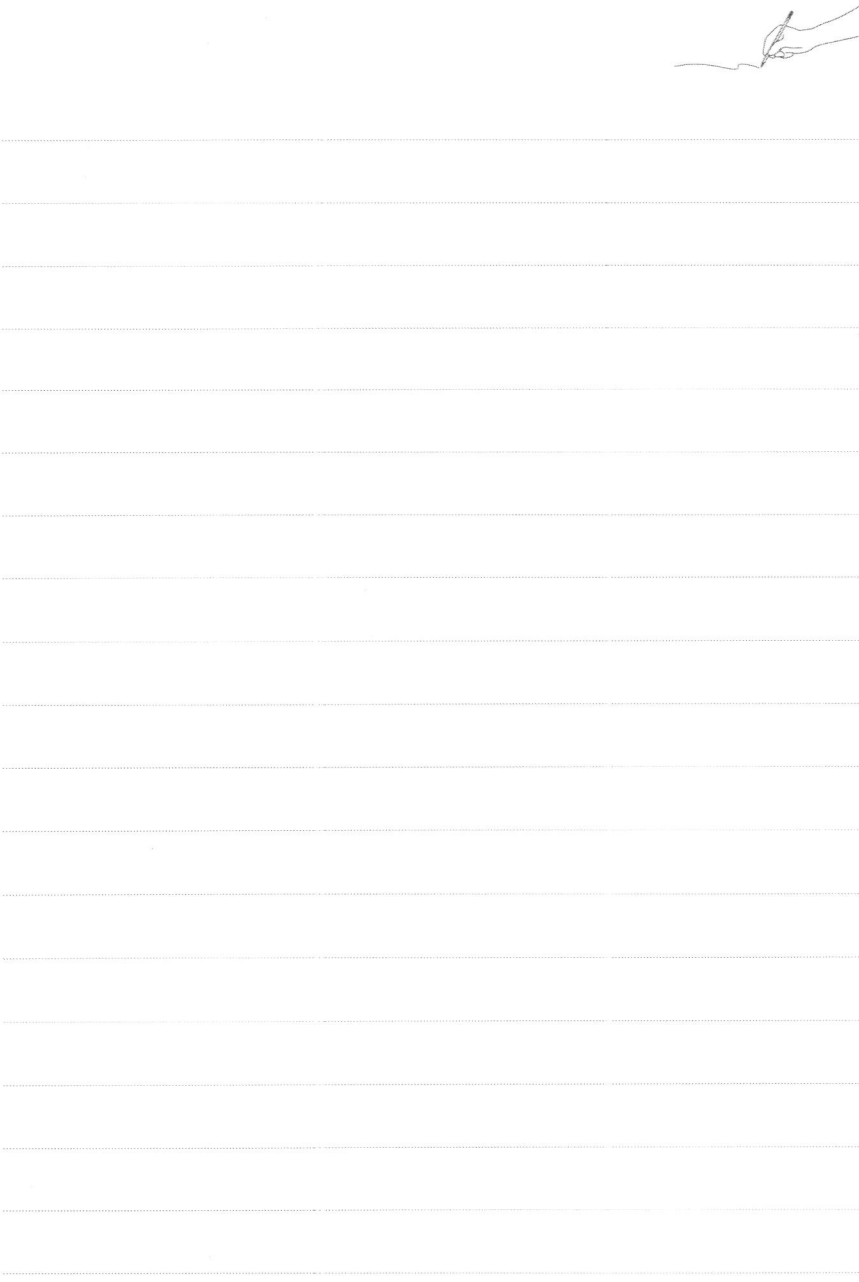

"덧붙일 말은 그렇게 많지 않습니다."

검사는 이렇게 시작한 후 레몽에게 물었다.

"피고가 당신 친구였습니까?"

"네, 나의 친구였습니다."

검사는 다시 내게 같은 질문을 했고 나는 레몽을 바라보았다. 레몽은 나를 뚫어지게 바라보았다. 나는 "그렇습니다."라고 답했다. 그러자 검사는 배심원들에게 몸을 돌렸다.

"어머니가 돌아가신 다음 날 가장 수치스러운 정사를 했던 사람이 하찮은 이유 때문에, 형편없는 치정 사건을 해결하고자 살인을 저지른 것입니다."

검사는 말을 마치고 자리에 앉았다. 그러자 내 변호사가 참다못해서 소매가 다시 흘러내리고 풀 먹인 셔츠 주름이 드러나도록 두 팔을 번쩍 쳐들고 외쳤다.

"도대체 피고는 어머니를 장례 치른 것으로 기소된 것입니까, 아니면 살인죄로 기소된 것입니까?"

방청객들이 웃었다.

그러자 검사가 다시 일어나 법복을 단정히 하고는 존경하는 변호인은 너무나도 순진해서 두 사실 사이에 근본적이고 비장한 관계가 있다는 것을 느끼지 못하는 것이라고 단호하게 말했다.

"네, 그렇습니다. 나는 피고가 냉혹한 범죄자의 마음을 갖고 자기 어머니를 묻었기 때문에 피고의 유죄를 주장하기도 하는 것입니다."

검사가 뱉은 이 말은 방청객에게 엄청난 인상을 준 것 같았다. 변호사는 단지 어깨를 으쓱해 보이며 이마의 땀을 닦았다. 그렇지만 그는 동요하는 듯했고 나는 사태가 내게 유리한 방향으로 흐르지 않는다는 것을 깨달았다.

재판은 폐정되었다. 법원에서 나와 차를 타러 가는 그 짧은 순간동안 여름 저녁의 빛과 향기를 느꼈다.

어둑어둑한 호송차 안에서, 마치 나의 피곤한 마음 밑바닥에서부터 끄집어낸 것처럼 귀에 익은 소리가 하나하나 들려왔다. 내가 좋아하던 도시에서, 내가 행복해하던 어느 시간에 들리는 모든 소리들이었다.

조용하게 가라앉은 공기 속에서 들려오는 신문팔이들의 외침, 작은 공원에서 지저귀는 새소리, 손님을 부르는 샌드위치 장수 목소리, 급커브 길을 올라가는 전차의 끽끽거리는 소리, 그리고 항구 위로 밤이 내리기 전에 들려오는 어렴풋한 속삭임. 이 모든 것들이 지금은 보이지 않는 길을 기억 속에서 다시 맞춰갈 수 있게 해 주었다. 형무소로 들어오기 전에 잘 알고 있던 그 길이었다. 그렇다. 이미 오래 전 일이지만, 내가 아주 좋아하던 그런 시각이었다. 그럴 때면 가볍고 꿈도 없는 잠이 매일 나를 기다렸다. 그러나 지금은 뭔가 달라졌다. 내일에 대

한 기대를 품고 다시 만나게 된 것은 내 감방이기 때문이다.

    마치 여름 하늘 속에 그렸던 그 낯익은 길이 순수한 잠으로 이를 수도 있고 형무소로도 이를 수 있는 것처럼.

-4-

 비록 피고석에 앉아 있는 입장이라도 자기 자신에 대한 이야기를 듣는 건 언제나 흥미로운 일이다. 검사와 변호사 사이에 변론이 계속되는 동안 사람들은 내 이야기를 많이 했다. 사실 범죄에 대한 것보다 나에 대한 이야기가 더 많았다고 할 수 있다. 그것보다 양쪽 변론에 큰 차이가 있었나? 변호사는 두 팔을 올리고 유죄는 인정하면서도 변명을 해 댔고, 검사는 양손을 앞으로 뻗으며 유죄를 고발했지만 변명은 없었다. 그러나 한 가지 약간 걸리는 점이 있었다.
 가만히 있으려고 노력했지만 그래도 가끔씩 간섭을 하고 싶었다. 그럴 때면 변호사가 "아무 말하지 마세요. 그래야 일이 잘 풀려요." 하고 말아버리는 것이었다. 어찌 보면 나를 빼 놓은 채 사건을 다루고 있는 것처럼 보였다.
 나는 개입하지도 않았건만 모든 일은 진행되었다. 내 운명은 내 의사와는 관계없이 결정되어 버리는 것이었다. 가끔씩 나는 모든 사람들의 이야기를 중단시키고 싶었다.
 "도대체 누가 피고인 겁니까? 피고는 아주 중요한 거예요. 나도 할 말이 있다고요."

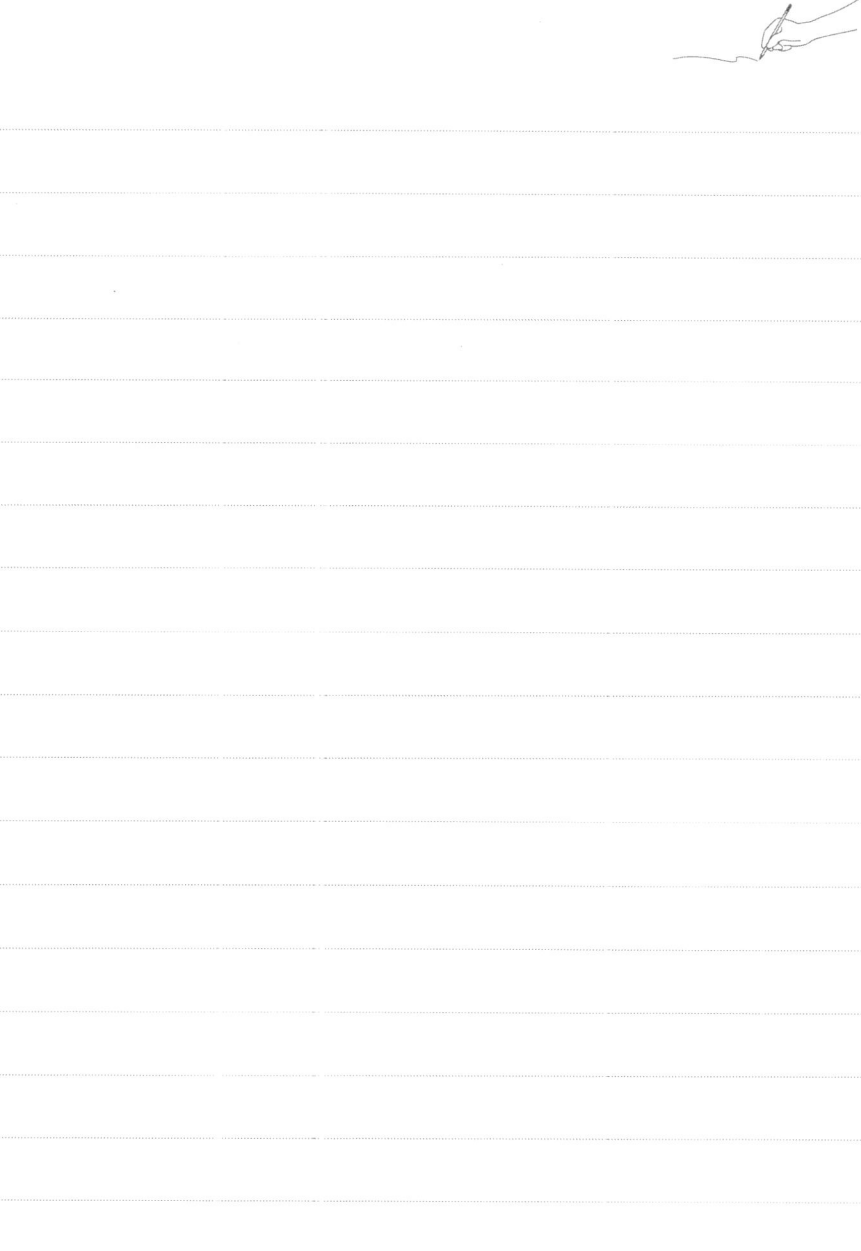

하지만 아무리 생각해 봐도 할 이야기가 없었다. 게다가 사람들에게 관심을 받으면서 느꼈던 흥미는 오래 가지 않는다는 것도 몸소 깨달아 버렸다. 검사가 변론하는 것도 따분했다. 그의 이야기 중 전체 이야기와 상관없는 단편적인 말들이나 몸짓, 아니면 쓸데없이 장황한 부가 설명들만이 내 흥미를 끌어당겼다.

내가 제대로 이해를 했다면, 검사 측이 내놓은 주장은 내가 범죄를 사전에 계획했다는 것이었다. 그는 그것을 증명하려고 애썼다.

"여러분, 그것을 증명하겠습니다. 두 번에 걸쳐서 말이죠. 첫째는 명백한 사실을 바탕으로, 둘째는 이 사악한 영혼의 심리 상태를 밝혀서 증명할 수 있습니다."

검사는 엄마가 죽은 후에 일어난 여러 가지 사실들을 정리했다. 내가 무관심했다는 것, 엄마 나이도 몰랐다는 것, 바로 그다음 날 여자와 해수욕을 하고 영화 구경, 그것도 페르낭델의 영화 구경에다 마지막으로 마리와 집으로 돌아온 것을 지적했다. 그때 검사가 '그의 정부'라는 말을 써서 그 말을 이해하는 데 시간이 좀 걸렸다. 내게는 그저 마리였을 뿐이다. 다음으로 검사는 레몽 이야기를 꺼냈다. 사건을 파악하는 그의 방식이 아주 명쾌하다고 생각했다. 그의 이야기는 아주 그럴 듯했다.

내가 레몽과 짜고 그의 정부를 유인해서 '품행이 아주 더러운' 남자

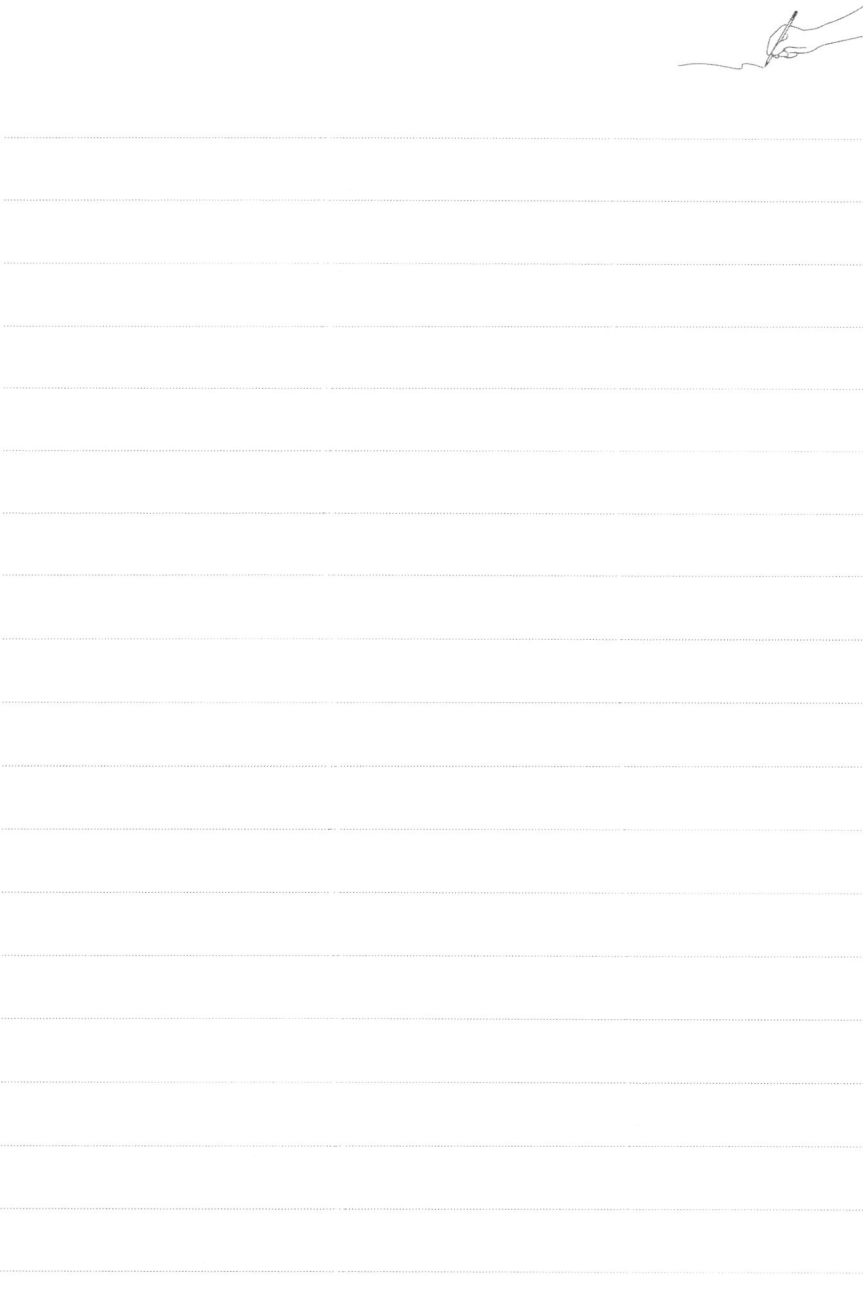

의 손아귀에 넘기려고 편지를 썼다. 바닷가에서 내가 레몽의 적들에게 시비를 걸었다. 레몽이 다쳤다. 레몽에게 권총을 달라고 한다. 권총을 써먹으려고 홀로 바닷가로 돌아갔다. 계획한 대로 아랍인을 쏘아 죽였다. 기다렸다. '일이 잘 처리된 것인지 확인하기 위해' 침착하게 다시 네 발을 하나하나 쏘았다.

"여러분, 이상입니다. 여러분께 피고가 고의적인 살인을 하게 된 경위를 다시 한 번 알려 드렸습니다. 이 점을 강조하는 바입니다. 이것은 그저 보통의 살인, 다시 말해서 정상참작의 여지가 있는 충동적인 것이 아니라는 것입니다. 여러분, 이 남자는 똑똑합니다. 여러분도 피고의 진술을 들어서 아실 겁니다. 대답할 줄도 알고 말뜻도 잘 압니다. 그러니 자신이 무슨 짓을 했는지도 모르면서 그 일을 저질렀다고 볼 수는 없습니다."

검사의 말에 귀를 기울이고 있다가 나를 똑똑한 사람이라고 칭하는 것을 들었다. 하지만 보통 사람들에게는 장점으로 작용하는 것들이 어떻게 죄인에게는 불리한 증거가 되는 것인지 이해하기가 어려웠다. 어쨌든 그 사실 때문에 충격을 받아 그 후 검사의 말에는 더 이상 귀를 기울이지 않았다.

"그가 조금이라도 후회하는 빛이 보였나요? 전혀 그렇지 않았습니다, 여러분. 예심이 진행되는 동안에도 그는 단 한 번도 그 가증스러운

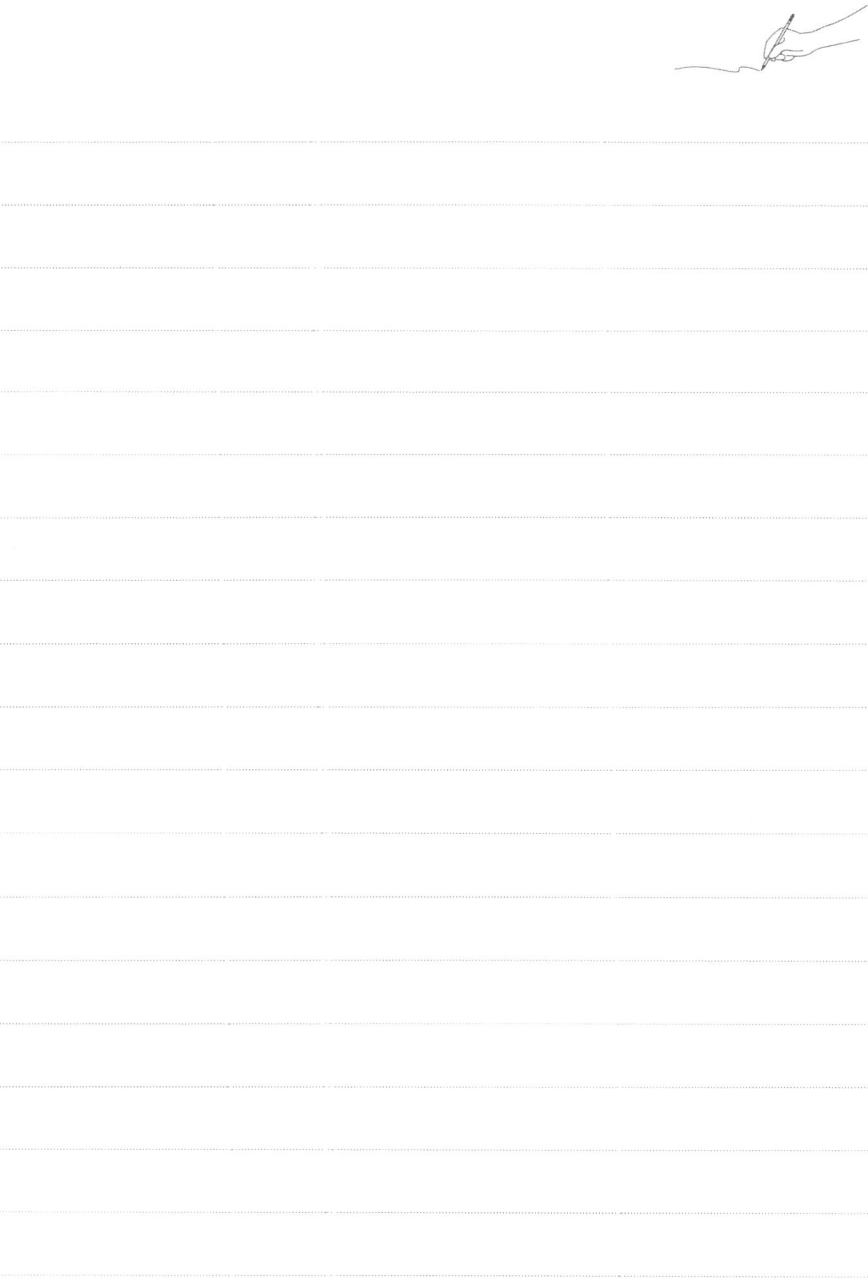

범죄를 후회하거나 반성하는 빛이 없었습니다."

그러면서 그는 나를 보고 서더니 내게 손가락질을 하며 끊임없이 엄청난 비난을 퍼부었는데 사실 나는 그 이유를 잘 알 수가 없었다. 물론 그의 말이 옳다는 것은 인정했다. 내가 한 행동을 그다지 뉘우치고 있지는 않았으니 말이다. 그러나 그가 그렇게 분노에 찬 모습을 보이는 것은 의외라는 생각이 들었다.

정말 다정하고 상냥하게, 내가 무엇인가를 진정으로 뉘우치는 일은 과거에도 없었다고 설명해 주고 싶었다. 나는 언제나 앞으로 일어날 일이라든가 오늘, 또는 내일에만 정신이 팔려 있었던 것이다. 그러나 물론 내 상황에서는 누군가에게 다정하게 대하거나 호의를 보이거나 할 권리가 없었으니 그런 어조로 말할 수는 없었다. 그 때 검사가 내 영혼에 대한 이야기를 시작하기에 귀 기울여 들으려고 해 보았다.

그는 배심원에게 내 영혼을 들여다보았지만 아무것도 찾을 수 없었다고 말했다. 사실 내게는 영혼이나 인간다운 점, 인간의 마음을 지탱해 줄 도덕성 같은 것도 찾아볼 수 없었다는 것이었다.

"물론 그런 것들로 이 사람을 비난할 수는 없습니다. 그가 얻을 수 없었던 것이 결여되어 있다고 해서 나무랄 수는 없으니까요. 하지만 이 법정에서라면, 관용이라는 소극적인 덕은 그보다 더 엄중하고 더 고귀한, 정의라는 덕목으로 바뀌어야 합니다. 특히 이 사람의 심리적

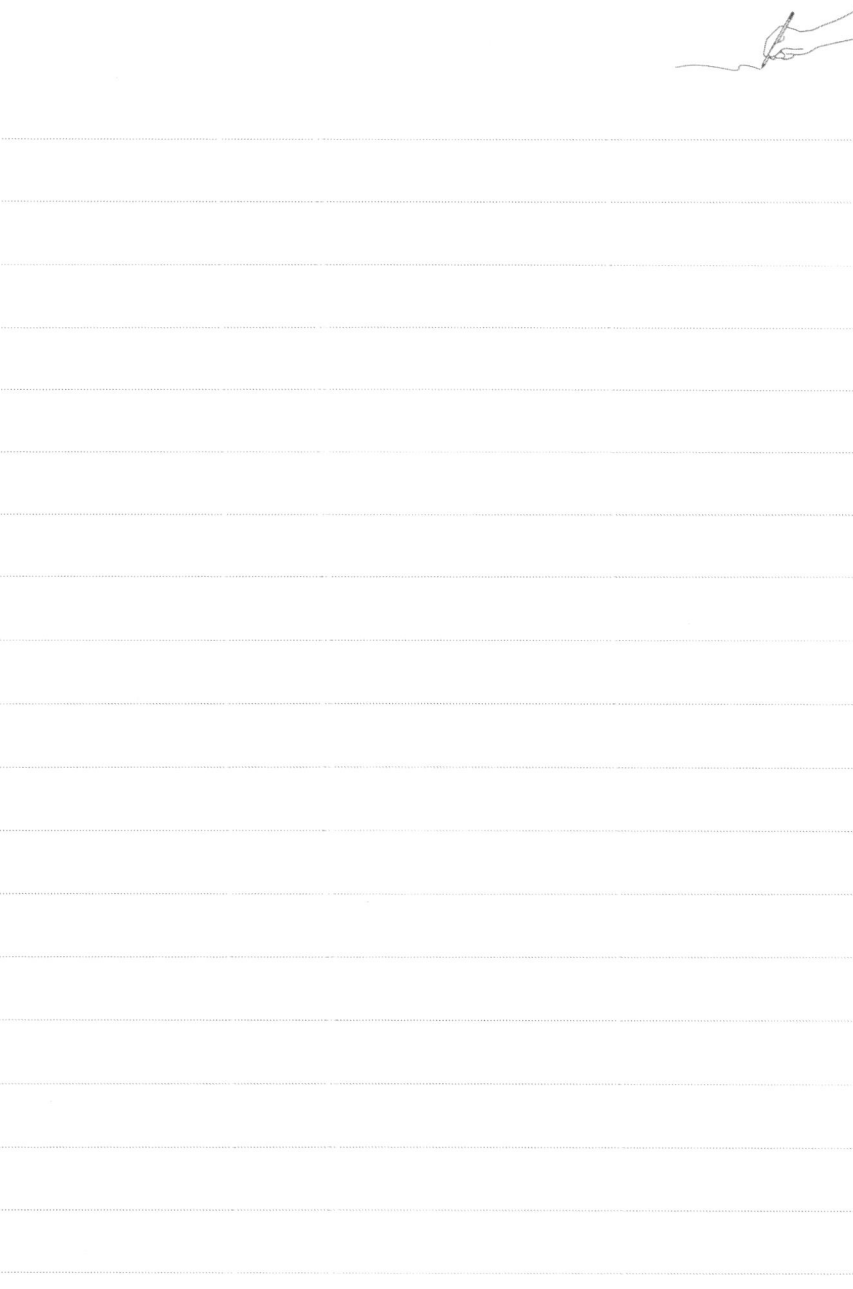

인 공황이 사회 전체를 집어삼켜 버릴 수 있는 구덩이가 되는 경우에는 특히 그렇습니다."

그리고 바로 엄마에 대한 내 태도 이야기를 다시 꺼냈다. 심리 중에 했던 말을 똑같이 반복했다. 내가 저지른 범죄 이야기보다 훨씬 더 길게 했다. 너무 길어서 그날 아침 더위 말고는 아무것도 느끼지 못할 정도였다. 그는 잠시 말을 끊었다가 다시 매우 낮고 자신 있는 목소리로 말했다.

"여러분, 내일 이 법정은 죄 중에서도 가장 가증스러운 범죄인 부친 살해 건을 다룰 것입니다."

그에 따르면 이 극악무도한 범죄 앞에서는 상상력조차 무릎을 꿇는다는 것이었다. 그는 인간 사회의 율법이 가차 없는 처벌을 내리기를 과감히 희망한다고 했다. 하지만 그 범행이 불러오는 공포는 내 무감각 앞에서보다 덜할 정도라는 것을 거침없이 말했다.

또한 정신적으로 어머니를 죽인 사람은 자기 손으로 아버지를 죽인 사람과 같은 이유로 인간 사회에서 추방당해야 한다고도 했다. 어쨌든 전자는 후자의 행위를 준비하는 것이며 말하자면 후자의 살인을 예고하고 정당화한다는 것이었다.

검사는 목소리를 높여 말했다.

"여러분, 저는 확신할 수 있습니다. 피고석에 앉은 이 사람의 죄를

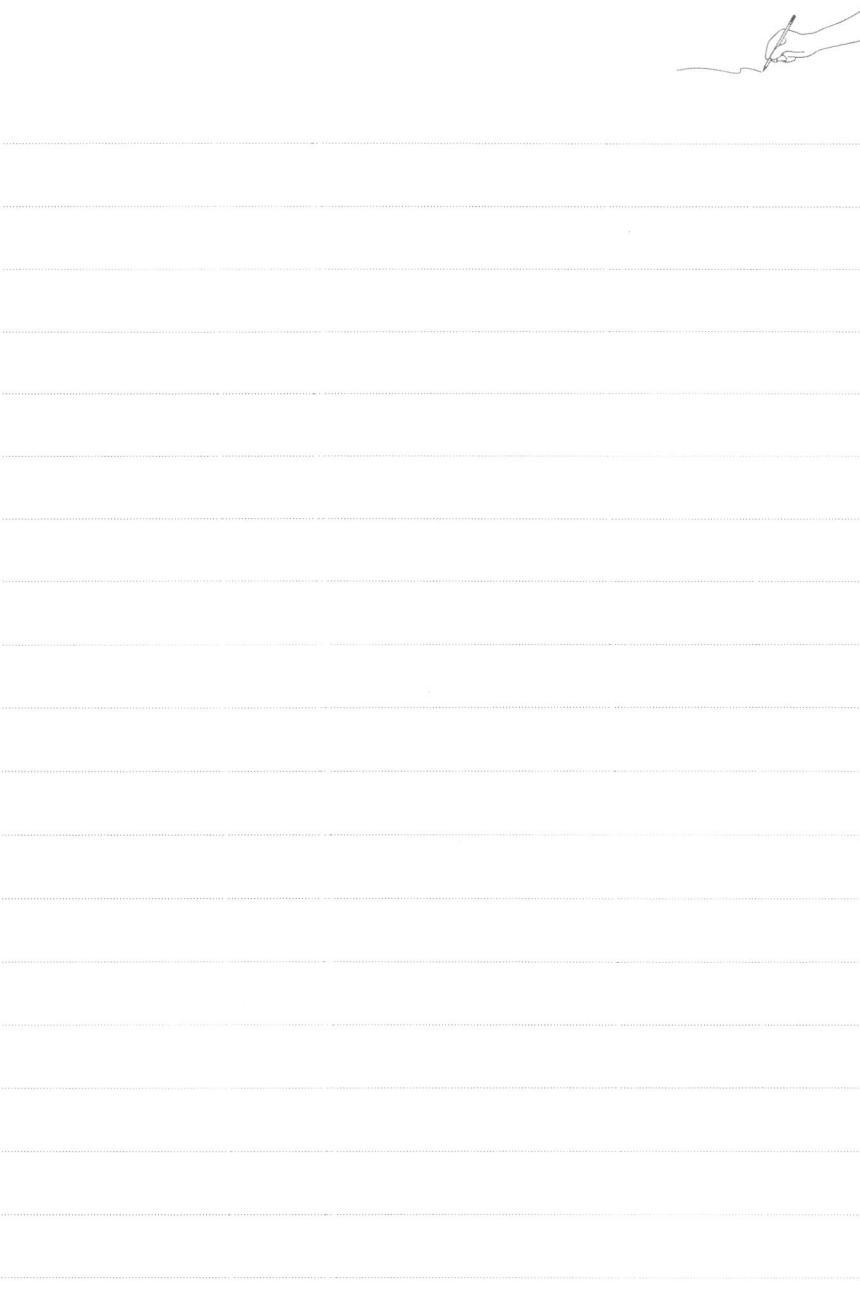

내일 유죄로 판결날 살인죄와 같은 것이라고 말한다고 해도 여러분은 그다지 지나치지 않다고 생각하실 겁니다. 그러므로 이 사람은 처벌을 받아야만 합니다."

검사는 땀으로 번들거리는 얼굴을 닦았다. 마지막으로 자신의 책임이 괴롭지만 단호하게 끝마칠 것이라고 덧붙였다. 내가 사회의 가장 근본적인 규칙을 무시하고 있으므로 그 사회와 아무런 관계도 없으며, 인간의 마음에서 우러나는 가장 기본적인 반응도 없으므로 인정에 호소할 수도 없다고도 했다.

"저는 이 사람에게 사형을 요구합니다. 그래야 내 마음이 가벼워질 겁니다. 사실 전 짧지 않은 재임 기간 동안 이미 여러 번 사형을 요구했습니다. 그렇지만 이 괴로운 사형에의 외침이 오늘처럼 신성하다고 느껴진 적도 없고, 흉악무도함 이외에는 아무것도 찾아볼 수 없는 이 얼굴을 앞에 두고 느끼는 혐오감을 보상받는 듯한 느낌을 가져 본 적도 없습니다."

검사가 자리에 앉고 오래도록 침묵이 흘렀다. 나는 더위와 놀라움으로 어리둥절했다. 재판장이 잔기침을 하고 아주 낮은 목소리로 내게 덧붙일 말이 없느냐고 물었다. 나는 일어서서 하고 싶었던 말을 대충 생각나는 대로 꺼냈다. 아랍인을 죽이려는 의도는 없었다고 말이다. 재판장은 그건 의사표시일 뿐이라고 했다. 그는 지금까지 나의 변

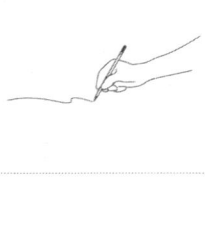

호 방식을 잘 이해하기 어려우니, 변호사의 말을 듣기 전에 내가 그런 행동을 하게 된 이유를 분명하게 말해 주면 좋겠다고 했다.

나는 약간 말을 더듬으며 다들 우습게 생각할 줄 알면서도 그건 태양 때문이었다고 빠르게 말했다. 장내에서 웃음이 터져 나왔다. 변호사는 어깨를 으쓱해 보였고 즉시 그에게 발언권이 주어졌다. 그러자 그는 시간도 늦은 데다 자기 진술은 시간이 많이 필요하므로 오후로 미루어 달라는 요청을 했다. 법정도 동의했다.

오후에도 여전히 실내의 무더운 공기를 커다란 선풍기들이 휘저었고 배심원들이 손에 든 가지각색의 부채들은 모두 한 방향으로 움직였다. 변호사의 변론은 도무지 끝날 줄을 몰랐다. 어느 순간에 나는 그의 말에 귀를 기울였다.

"내가 죽인 것은 사실입니다." 이렇게 말했기 때문이었다. 그 후로도 변호사는 계속 그런 식으로 이야기했다. 내 이야기를 하면서 '나는'이라는 것이었다. 매우 놀라서 교도관 쪽으로 몸을 굽혀 물어보았다. 교도관은 잠자코 있으라더니 '변호사는 모두 그런다.'고 얘기해 주었다.

나는 그런 단어의 선택이 또다시 나를 사건으로부터 떼어 놓고 무시해 버리는 것이며, 어떤 의미로는 그가 나를 대신하는 것이라는 생각이 들었다. 그러나 이미 나는 그 법정에서 아득히 멀어진 느낌이었다. 게다가 내 변호사도 우스꽝스러워 보였다. 그는 아주 빠른 말투로

내 행동을 변호했고 내 영혼에 대한 이야기 역시 꺼냈다. 그렇지만 내가 볼 때 검사에 비해 솜씨가 훨씬 떨어지는 것 같았다.

"나 역시 그 영혼을 들여다보았습니다만 탁월하신 검사 나리의 의견과는 다르게 무엇인가를 발견했습니다. 말하자면 펼쳐진 책을 읽는 것처럼 그 영혼을 훤히 볼 수 있었다고 감히 말할 수 있습니다."

나는 성실한 인물이고 규칙적인 데다가 근면하며, 회사에 충실했고 모든 사람들로부터 좋은 평가를 받았으며, 다른 사람의 불행을 동정하는 사람이라는 것을 알았다고 했다.

그가 봤을 때 나는 힘닿는 대로 오랫동안 어머니를 부양한 착한 아들이었다. 그러나 결국 재력이 부족해 양로원이 대신 늙은 어머니에게 안락한 생활을 베풀어 줄 수 있을 거라는 기대를 했다는 것이다.

"여러분, 그 양로원과 관련해서 이런저런 이야기들이 오간 것에 대해 놀라지 않을 수 없습니다. 만일 그 시설이 유익하고 중요하다는 증거를 굳이 들어야 한다면 그런 기관들에게 보조금을 주고 지원하는 건 국가라는 사실에 주목해야 하기 때문입니다."

다만 그가 장례식에 대한 이야기를 꺼내지 않은 것이 그의 변론에서 부족한 점이라는 생각이 들었다. 그러나 그 모든 장황한 말들, 내 영혼에 관한 이야기를 늘어놓는 길고 긴 모든 날들과 시간들 때문에 모든 게 무미건조한 물처럼 변해 버리는 것 같았고 그 속에서 현기증

이 날 지경이었다.

끝날 무렵에는 변호사가 이야기를 하는 동안 아이스크림 장수의 나팔소리가 거리에서부터 다른 방들과 법정의 모든 공간을 가로질러 내 귀까지 울려온 것만이 기억에 남아 있을 뿐이었다. 나는 이제는 내 것이 아니게 되어 버린 생활, 그중에서도 보잘 것 없지만 가장 오래도록 좋아했던 추억에 휩싸였다.

여름 향기, 내가 좋아하던 거리, 어느 날의 저녁 하늘, 마리의 웃음과 원피스, 그곳에서 내가 했던 모든 것. 나는 법정에서 하고 있는 이 부질없는 짓거리들 때문에 목이 메어 어서 빨리 감방으로 돌아가 잘 수 있기를 간절히 원했다.

내 변호사가 마지막으로 배심원들이 순간적으로 잘못 생각하여 성실한 일꾼 한 명을 사형에 처하게 하지는 않을 것이라 외쳤다. 내가 이미 양심의 가책으로 괴로워하고 있으며 또 그것을 영원히 느낄 것이기 때문에 정상참작을 바란다는 말도 했다. 그러나 내 귀에는 거의 들리지 않았다.

법정은 공판을 중지하고 변호사는 지친 표정으로 자리에 앉았다. 그의 동료들이 다가와 그의 손을 잡았다.

"훌륭했네."

이런 소리가 들리고 어떤 이는 내게 다가와 맞장구를 쳐 달라는 듯

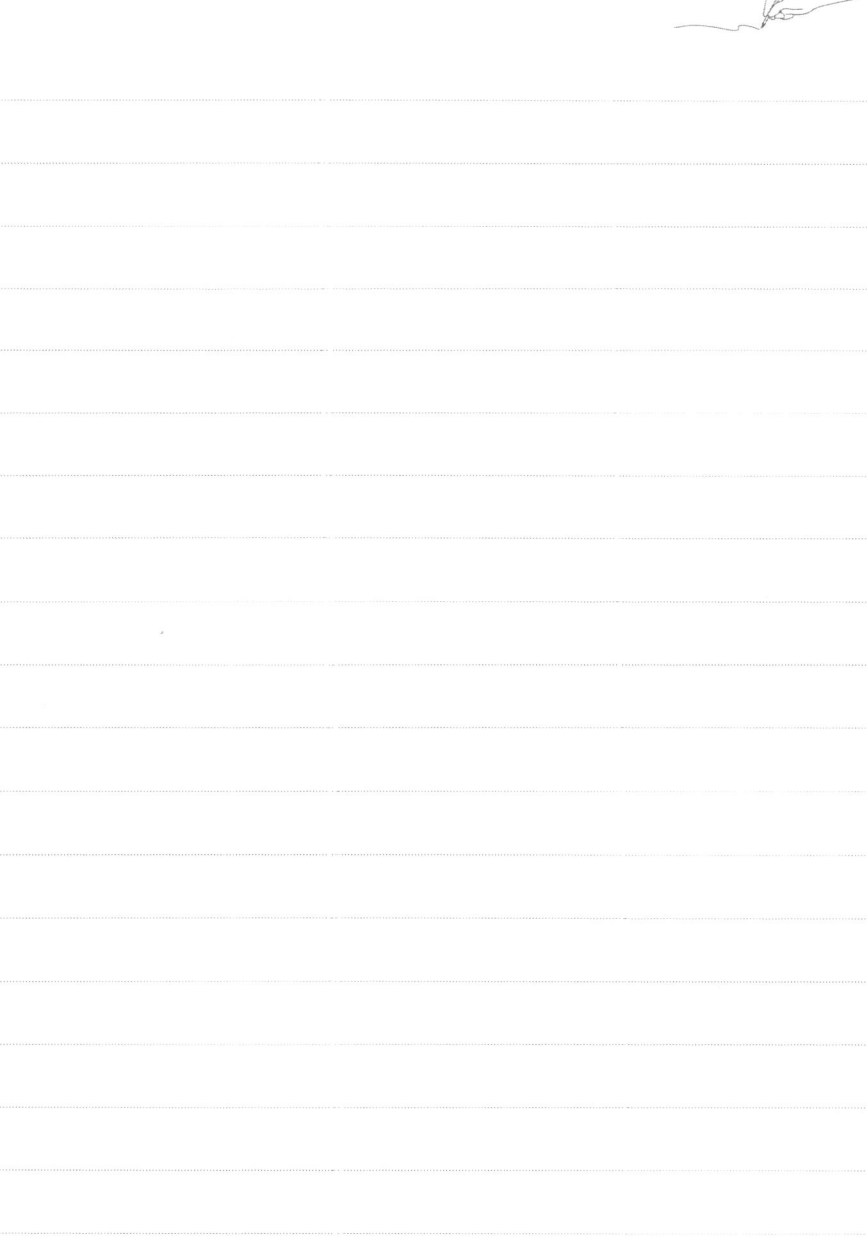

그렇지 않냐고 말하기까지 했다. 나는 너무나 피곤했기에 건성으로 동의했다.

그러는 사이 어느덧 해는 기울었고 더위는 약해졌다. 거리에서 들려오는 소리로 미루어 저녁의 아늑함을 짐작했다. 우리는 모두 거기서 기다렸다. 오로지 나 때문에 기다리는 것이었다.

나는 다시 한 번 실내를 둘러보았다. 모든 게 첫날과 똑같았다. 회색 웃옷을 입은 신문기자, 로봇 같은 여자와 눈이 마주쳤다. 그제야 이제껏 마리를 찾아보지 않았다는 생각이 들었다. 그녀를 잊어버렸던 것은 아니지만 할 일이 너무 많았던 것이다. 그녀는 셀레스트와 레몽 사이에 앉아 있었다. '이제야 끝났군요.' 하는 듯한 얼굴로 내게 조그맣게 손짓을 해 주고는 근심 어린 얼굴로 웃었다. 하지만 나는 가슴이 꽉 막히는 것 같아서 그녀의 미소에 화답해 주지 못했다.

공판이 재개되었다. 재판장이 매우 빠른 속도로 배심원들에게 질문을 낭독해 주었다. 살인죄니 계획적이니 정상참작이니 하는 말이 들렸다. 배심원들이 퇴장한 후 나는 아까 기다렸던 방으로 다시 끌려갔다.

변호사가 따라 나왔다. 그는 어느 때보다도 자신 있는 표정으로 한 번도 보인 적 없는 성의를 베풀었다. 그리고 모든 게 잘될 것이며 몇 년 간의 중노동형이나 징역형을 받게 될 거라고 말했다. 만약 불리한 판결이 나면 파기할 가능성이 있느냐고 물어보았다. 그는 그럴 수는

없다고 했다. 배심원 측의 심기를 건드리지 않기 위해서 법적 이의를 제기하지 않는 것이 그의 전술이었다는 것이었다.

그는 그렇게 별다른 이유 없이 판결을 파기할 수는 없는 법이라고 설명해 주었다. 내 생각에도 그것은 분명했기 때문에 그의 말에 수긍했다. 냉정하게 따져 보면 그것은 무척 당연한 일이었다. 안 그러면 쓸모없는 서류들만 너무 많아질 것 같았다.

"어쨌든 항소할 수는 있어요. 하지만 결과는 우리한테 유리하게 나올 겁니다."

우리는 거기서 아마도 사오십 분 넘게 기다렸을 것이다. 얼마 후 종이 울렸다.

"배심원 대표가 배심원 평결문을 읽을 겁니다. 당신은 판결문 낭독을 할 때 들어오게 될 겁니다."

변호사는 이렇게 말하더니 나를 두고 나가 버렸다. 문이 닫혔다. 사람들이 층계를 뛰어가는 소리가 들렸지만 멀고 가까운 것을 분간하기는 어려웠다. 그다음에는 법정에서 무언가를 읽는 나직한 소리가 들렸다. 다시 종이 울리고 피고석 문이 열렸다. 장내의 정적이 나를 집어삼켰고, 젊은 신문기자가 내게서 시선을 돌린 것을 보자 미묘한 느낌을 받았다.

여유가 없어서 마리가 있는 쪽은 바라보지 못했다. 프랑스 국민의

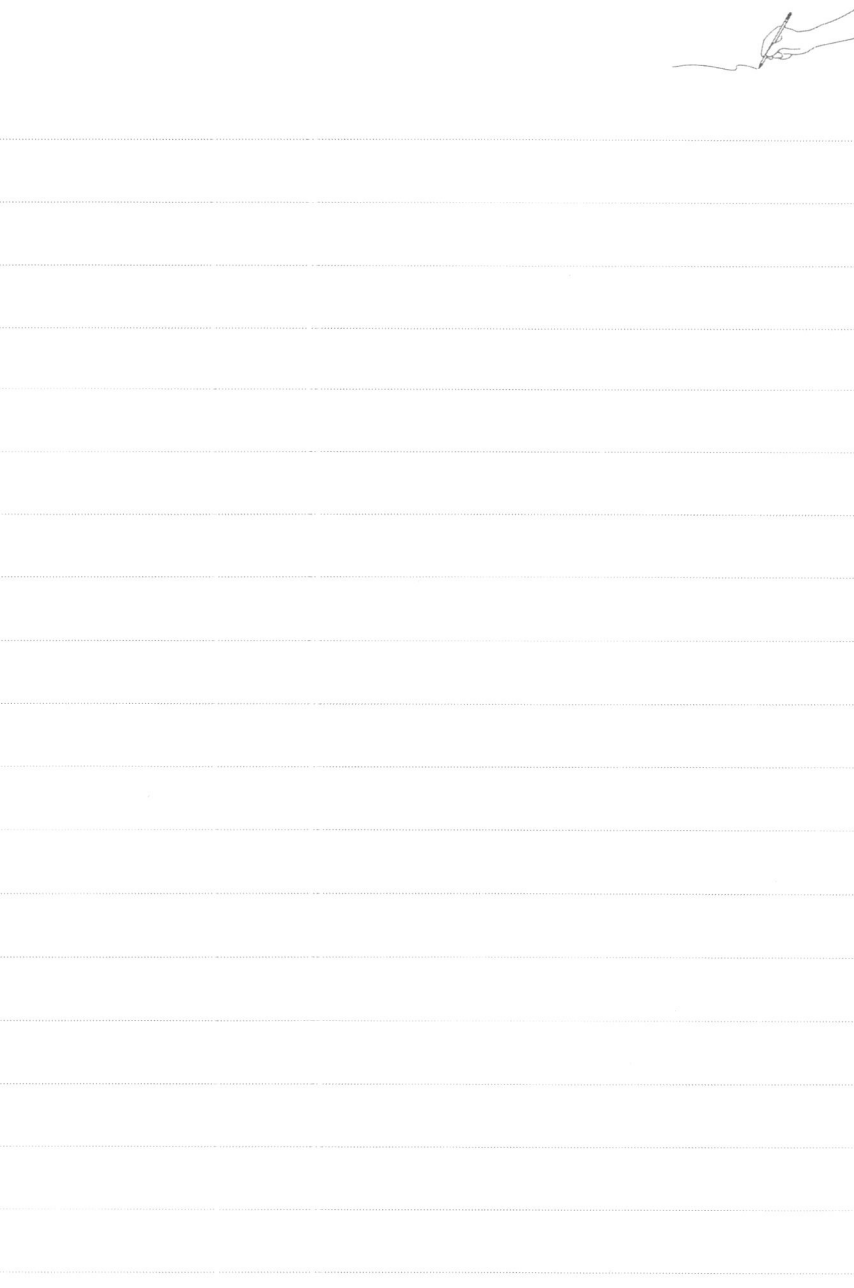

이름으로, 광장에서 내 목이 잘릴 것이라고 판사가 복잡하게 말했기 때문이다.

그때 모든 사람의 얼굴에 드러난 감정을 읽을 수 있을 것 같았다. 그것은 분명 어떤 배려 같은 것이었다고 생각한다. 교도관들은 아주 부드럽게 대해 주었다. 변호사는 내 손목 위에 손을 올려놓았다.

나는 아무 생각도 하지 않았다. 재판장이 더 말할 것이 있느냐고 물었다. 나는 깊이 생각했다. 그리고 대답했다.

"없습니다."

그리고 끌려 나왔다.

-5-

　벌써 세 번째, 나는 형무소 부속 사제의 면회를 거절했다. 딱히 말할 것도 없고 이야기하는 것도 싫지만 그를 곧 보게 될 것 같았다. 지금 내게 유일한 관심사는 기계적인 것에서 벗어나는 것, 불가피한 것으로부터 빠져나갈 방법이 있는지를 알아보는 것이다.
　감방이 바뀌었다. 여기서는 반듯하게 누우면 하늘이 보인다. 하늘 밖에 안 보인다. 그 하늘 안에서 낮을 밤으로 데리고 가는 황혼의 색깔들을 바라보는 것으로 하루를 보낸다.
　나는 팔베개를 하고 누워서 기다리고 있다. 사형선고를 받은 사람들 중에 혹시, 무자비한 단두대에서 탈출했다든가, 처형되기 전에 종적을 감추었다든가, 경찰의 비상경계망을 돌파한 사형수가 있었는지를 얼마나 많이 생각해 봤는지 모르겠다.
　그럴 때마다 평소에 사형 집행에 관심을 갖지 않았던 일을 후회했다. 그런 문제에 항상 관심을 두어야 한다. 어떤 일이 닥칠지 모르는 일이니 말이다. 다른 사람들처럼 나도 신문에 난 기사를 읽은 적은 있다. 그렇지만 탈출 등을 다룬 특별한 분야의 글을 찾아볼 정도의 호기심을 가져 본 적은 한 번도 없었다. 아마도 그 글 중에는 탈옥에 관한

기사도 있었을 것이다. 그것들을 읽어 보았더라면, 더는 피할 수 없는 계획 속에서도 한번쯤은 그 톱니바퀴가 멎어, 그 단 한 번의 우연과 기회가 뭔가를 바꿔놓은 적이 있다는 것을 알게 되었을지도 모른다. 단 한 번! 어떤 의미에서는 지금 나에게 그 한 번으로도 충분했을 것 같다. 나머지는 내 마음이 처리했을 것이다.

신문들은 우리가 사회에 지고 있는 빚에 대해 자주 이야기한다. 그리고 그 빚을 갚아야 한다고 한다. 그러나 그런 것은 상상력을 자극하지 못한다.

지금 중요한 것은 탈출의 가능성, 냉혹한 의식으로부터의 도망, 희망의 여지를 남기는 모든 것들을 향한 광적인 질주인 것이다. 물론 여기서 희망이란 그렇게 전력질주하다가 길모퉁이에서 날아오는 총알에 맞아 쓰러지는 것일 뿐이다. 그렇지만 이런 생각을 아무리 한들 누구도 내게 이런 사치를 누릴 수 있도록 허락해 주지도 않고, 모두가 안 된다고 할 것이며, 톱니바퀴는 다시 굴러갈 것이다.

아무리 애를 써 봐도 이 파렴치한 확신을 받아들일 수가 없었다. 그 확신을 근거로 한 판결과, 그 판결이 내려진 순간부터 가차 없이 진행된 전개 과정 사이에는 어처구니없는 불균형이 있었기 때문이다.

판결문이 다섯 시가 아니라 여덟 시에 낭독되었다는 사실, 그러므로 판결문이 전혀 다를 수도 있었으리라는 사실, 속옷을 갈아입는 인

간들이 판결문을 내렸다는 사실, 그것이 '프랑스 국민(독일인이나 중국인도 아닌)의 이름으로' 라는 지극히 모호한 관념에서 언도되었다는 사실, 이 모든 사실들이 결말에서 신중함을 상당수 빼앗아 간 것처럼 여겨졌다. 하지만 그 선고가 내려진 순간부터 결과는 확실하고 심각한 것이라는 사실을 인정하지 않을 수 없었다. 마치 내가 기대고 앉아 있던 그 감방 벽의 존재와 마찬가지로 말이다.

그때 나는 엄마가 들려줬던 아버지에 대한 이야기가 생각났다. 나는 아버지를 본 적이 없다. 아마도 엄마가 그때 해 준 얘기가 아버지에 대해 알고 있는 유일한 것이 될지도 모르겠다.

아버지는 어느 살인범이 사형 집행 되는 것을 보러 갔다. 그것을 보러 갈 생각에 병이 날 지경이었다. 보고 다녀오자마자 아침밥 먹은 것을 일부분 토해 냈다.

그 얘기를 들었을 때 나는 아버지가 좀 불쾌하게 여겨졌지만 지금 생각해 보니 당연한 일로 이해되었다. 사형 집행보다 더 중대한 일은 없으며 그것이야말로 사람에게 유일한 흥밋거리라는 것을 어째서 그때는 알지 못했던 것일까! 만약 내가 감옥에서 나간다면 나는 모든 사형 집행을 빠지지 않고 다 보러 갈 것이다. 하지만 그런 가능성을 꿈꾸는 일조차 잘못이라는 생각도 든다. 어느 이른 아침 비상경계망 밖에서 자유로운 몸이 된 저쪽 편의 나를 생각만 해도, 사형 집행 장면

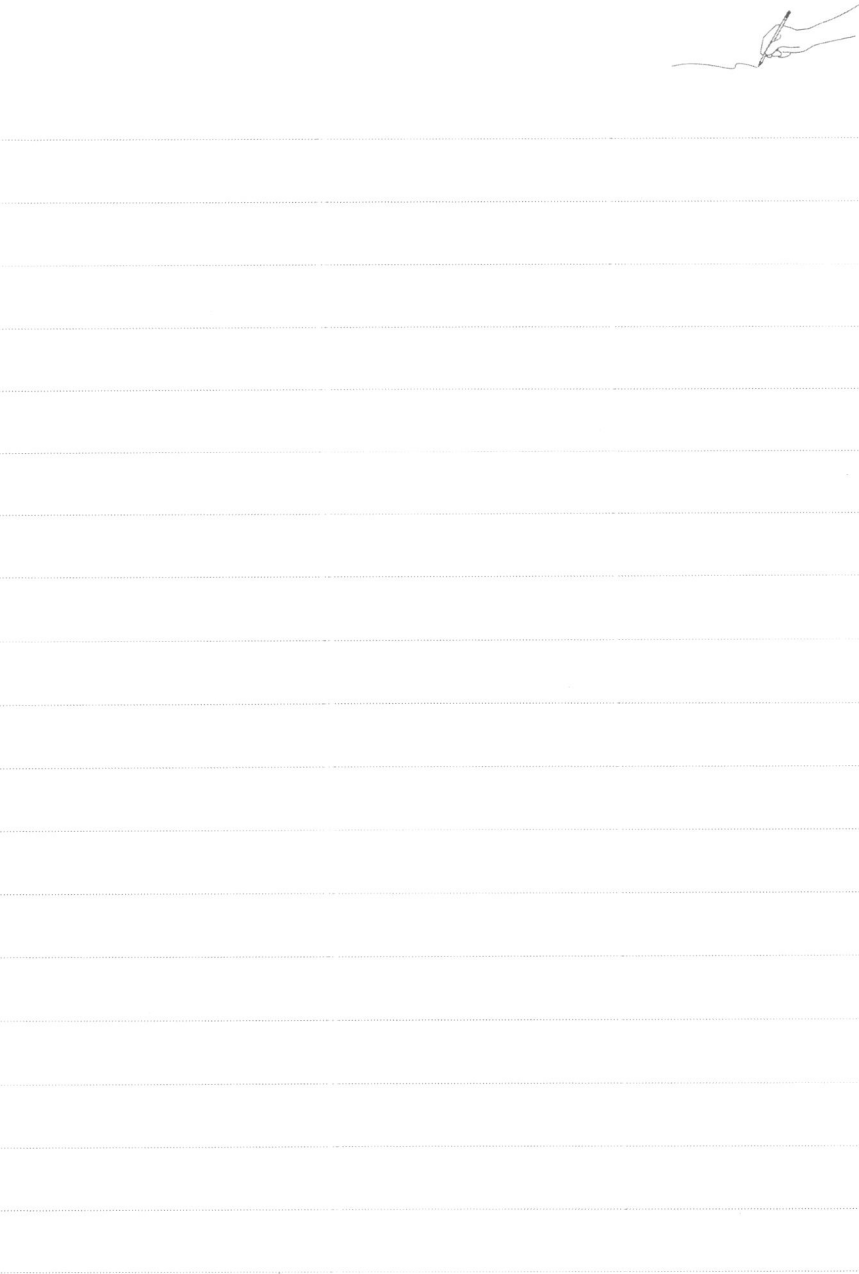

을 보고 나중에 토하는 나를 생각만 해도 기쁨의 물결이 북받쳐 올라와 어지러웠기 때문이다.

하지만 이런 것들은 모두 부질없는 생각이었다. 이러한 가정을 해 본다는 것은 잘못이었다. 그런 생각을 한 다음부터 나는 끔찍하게 추워져서 이불 속에 들어가 몸을 덜덜 떨었다. 걷잡을 수도 없이 턱이 덜덜덜 떨렸다.

그러나 물론 언제나 분수에 맞는 생각만 할 수는 없는 것이다. 예를 들어, 어떤 때는 법률의 초안을 만들어 보기도 했다. 형법 체제를 완전히 고치는 것이었다. 제일 중요한 것은 사형선고를 받은 사람에게 기회를 주는 것에 중점을 두었다. 천 번에 단 한 번, 그것으로 충분했다.

사형수들을 지칭할 때 나는 '환자'라는 말을 생각했다. 그 환자가 집행을 당할 때 먹으면 열에 아홉만 죽게 되는 어떤 화학약품의 배합을 고안해 낼 수도 있을 것이다. 그에게도 그 사실을 알려 주는 게 조건이었다. 곰곰이 생각해 본 결과, 단두대의 칼날을 사용하게 될 경우 그것은 일말의 기회도, 절대 그 어떤 기회도 허용하지 않는다는 사실을 깨달았기 때문이다.

결국 환자의 죽음은 결정된 것이라고 봐도 무방하다. 일도 다 처리됐으며, 배합도 확정된 데다가 합의도 성립된 터라 취소할 여지가 없는 것이다. 만에 하나 실패한다고 해도 다시 해야 한다.

아이러니한 것은 환자가 기계가 잘 작동해 주기를 바라야 한다는 것이다. 말하자면 이것이 형법 제도의 잘못된 점이다. 사실이다. 그렇지만, 다르게 보면 훌륭한 조직의 모든 비결이 거기에서 나온다는 것을 인정해야만 한다. 어쨌든 환자는 정신적으로도 협력을 해야 한다. 모든 일이 무사히 진행되는 것이 그에게도 득이기 때문이다.

또, 나는 사형 문제들에 관해 여태까지 부정확하게 알고 있었다. 왜 그랬는지 알 수는 없지만 나는 단두대 앞으로 가기 위해서는 그것이 설치된 단 위로 올라가야 한다고, 그러니까 층계를 밟고 올라가야 한다고 오랫동안 믿고 있었다.

아마도 그것은 1789년 대혁명 때문이었을 것이다. 그런 문제에 관해 사람들이 내게 가르쳐 주고 보여 주었던 그 모든 것 탓이었다. 그런데 어느 날 아침 신문에 실린 사진 한 장이 생각났다. 꽤나 파문을 일으킨 사형 집행이 있던 날이었다.

실제로 단두대는 그냥 땅바닥에 아주 간단히 설치되어 있었고, 생각했던 것보다 훨씬 폭이 좁았다. 좀 더 일찍 그렇게 상상해 보지 못했다는 게 이상했다. 사진에서 본 단두대는 무엇보다도 정밀한 제품답게 깔끔하고 번쩍이는 게 인상적이었다.

사람이란 모르는 것에 대해서는 늘 부풀려서 생각하기 마련이다. 실상은 모든 것이 매우 간단하다는 사실을 나는 시인해야 했다.

단두대는 그것을 향해 걸어가는 사람과 같은 높이에 설치되어 있었다. 그래서 마치 누구를 마중 가듯이 걸어가다가 단두대와 마주치게 된다. 그것도 견디기 어려운 노릇이었다. 단두대를 향해 올라가는 것이 하늘로 승천한다는 것으로 상상력을 뻗쳐 나갈 수도 있었을 것이다. 그러나 그것마저 기계가 짓눌러 버려 약간의 수치심을 느끼면서 대단히 정확하게 목숨을 끊어 버리는 것이다.

그 외에도 새벽과 항소, 이 두 가지가 내 머릿속에 줄곧 맴돌았다. 하지만 나는 그런 생각을 하지 않으려고 애썼다. 누워 하늘을 바라보며 거기에 집중하려고 노력했다.

하늘이 초록빛으로 변해 가는 것을 보니 저녁이었다. 나는 다시 한 번 생각의 방향을 다른 쪽으로 돌리려고 애썼다. 심장이 뛰는 소리를 들었다. 오래전부터 나를 따라다닌 그 소리가 어느 순간 멎어 버린다는 것을 상상해 본 적이 없었다. 나는 사실적인 상상력이라고는 발휘해 본 적이 없다.

그래도 이 심장박동 소리가 내게 들리지 않을 순간을 상상해 보려고 노력했지만 헛수고였다. 새벽과 항소라는 두 가지가 계속 버티고 사라지지 않기 때문이다. 나는 결국 생각나는 것을 억지로 막지 않는 게 가장 현명한 일이라고 생각했다.

그들이 새벽녘에 온다는 사실은 알고 있다. 결국 나는 밤마다 이 새

벽을 기다린 셈이다. 나는 언제나 갑작스레 무슨 일을 당하는 것을 너무 싫어했다. 내가 무슨 일을 당하든 거기에 대한 마음의 준비가 되어 있는 편이 더 나았다. 그런 이유로 끝내 낮에만 조금 자고 밤에는 새벽빛이 천장 유리창 위로 환하게 밝아 올 때까지 깨어 기다리기에 이르렀다.

그들이 보통 그 일을 하러 오는 그 애매한 시각이 내게는 가장 괴로웠다. 자정이 지나면 기다리고 지켜보았다. 내 귀가 그렇게 많은 소리를 들어 본 적이 없었고 그렇게 사소한 소리를 분간해 낸 적도 없었다. 발소리라고는 한 번도 들리지 않았으니 어떻게 생각하면 그 시기 동안 나는 운이 좋았다고도 말할 수 있을 것이다. 엄마는 늘 사람이란 아주 불행하리라는 법은 없노라고 말했다.

하늘이 빛을 품고 새로운 하루가 감방 안으로 새어 들 때면 나는 엄마의 말이 옳았다고 생각했다. 발소리가 들려와 내 심장이 터질 수도 있었기 때문이다. 나는 바스락거리는 소리만 들려도 문 앞으로 달려가 얇은 판자에 귀를 댔다. 얼빠진 사람처럼 기다리고 있다 보면 나중에는 내 숨소리까지 들을 수 있었다. 그 소리가 헐떡이는 개의 숨소리와 닮아 있어서 깜짝 놀라기도 했지만 결국 내 심장은 터지지 않은 채 나는 다시 한 번 스물네 시간을 벌게 되는 것이었다.

낮에는 계속 항소 생각에 시달렸다. 이 항소에 대한 생각을 최대한

활용한 것 같은 느낌이 든다. 내 사고력의 최대치를 끌어내는 것이었다. 나는 계속 항소기각이라는 최악의 경우를 가정해 보았다.

'그래, 그럼 나는 죽게 되는 거야.' 다른 사람들보다 먼저 죽게 된다는 사실은 분명했다.

그러나 인생이 살 만한 가치가 없다는 것은 누구나 알고 있다. 결국 서른 살에 죽는 것이나 예순 살에 죽는 것이나 별로 다르지 않다는 것을 나는 알고 있었다. 그 어떤 경우든 당연히 그 후에는 다른 남자와 다른 여자들이 살아갈 것이고 그런 일은 수천 년 동안 계속될 것이다. 아무튼 가장 분명한 것은 지금이 됐건 이십 년 후가 됐건 언제든 죽게 될 사람은 바로 나라는 사실이다.

그때 내 논지를 흐리게 만든 건 앞으로의 이십 년의 삶을 생각할 때 마음속에 무섭게 끓어오르는 용솟음이었다. 그러나 그것도 이십 년 후에 내가 어떤 생각을 할까를 상상해서 눌러 버리는 것밖에 할 수 없었다. 죽을 바에야 언제 어떻게 죽는 것은 중요하지 않다. 당연하다. 그러므로(이 '그러므로'라는 말이 나타내는 추론을 잊지 않는 것이 어렵다), 그러므로, 나는 내 항소의 기각을 받아들일 수밖에 없는 것이다.

이렇게 항소의 기각을 받아들인 후에야 비로소 나는 두 번째 가정을 해 볼 권리를 나 스스로에게 용납할 수가 있었다. 그 두 번째 가정이란 특사를 받는다는 것이었다. 여기서 괴로웠던 것은, 터무니없는

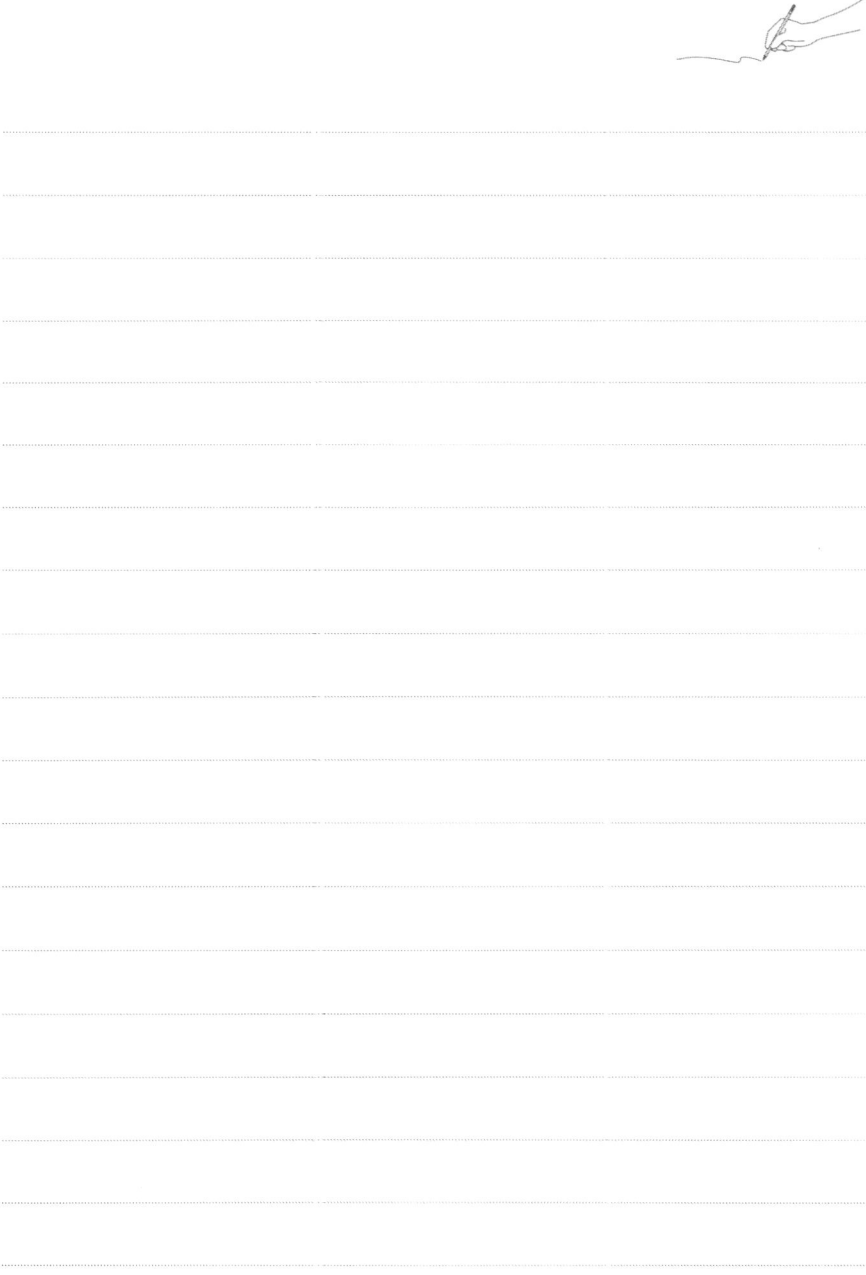

기쁨으로 눈을 자극하며 튀어 오르려는 피와 격정을 진정시켜야 하는 일이었다. 열심히 나 자신을 억누르고 타일러야만 했다.

첫 번째 가정에서 내 단념이 타당한 것이 되려면 두 번째 가정에서는 태연스러워야만 했다. 그러나 가라앉은 마음을 유지한 것은 고작 한 시간뿐이었다. 그것만 해도 상당한 것이었다.

바로 그때 나는 또다시 부속 사제의 면회를 거절했다. 나는 누운 채로 여름 하늘이 황금빛으로 물드는 것을 보면서 저녁이 가까워지고 있다는 것을 알 수 있었다. 막 항소 생각을 접은 참이었는데 혈액이 규칙적으로 내 몸을 돌고 있다는 것을 느낄 수 있었다. 사제를 만날 필요가 없었다.

오랜만에 나는 마리를 생각했다. 그녀가 내게 편지를 쓰지 않은 지 꽤 오래되었다. 그날 저녁 고심한 끝에 그녀가 아마 사형선고를 받은 남자의 애인 놀음에 지쳐 버렸을 거라는 생각이 들었다. 아니면 혹시 마리가 아프거나 죽었을지도 모른다는 생각도 들었다. 그럴 가능성은 충분히 있었다. 육체도 서로 떨어져 있고 아무것도 우리를 이어 주는 게 없으니 내가 마리의 사정을 알 턱이 없었다.

아무튼 그 순간부터 마리와의 추억은 나와 아무런 관계도 없었다. 그녀가 죽었다면 마리는 더 이상 내 관심의 대상이 될 수도 없다. 당연하다고 생각했다. 내가 죽은 다음 사람들이 나를 잊어버린다는 것

도 나는 이해할 수 있다. 그들은 나와 아무런 관련이 없어지는 것이다. 그런 일은 생각하기 괴로운 것도 아니었다.

부속 사제가 들어온 것은 바로 그때였다. 그를 보고 내 몸이 약간 떨렸다. 사제는 겁내지 말라고 말했다. 나는 그에게 평소에는 다른 시각에 오지 않았느냐고 물었다. 그는 이번 면회는 내 항소와 관계없이 순전히 친구로서의 방문이며, 항소에 관해서는 알지 못한다고 대답했다. 그는 내 침대 위에 걸터앉아 내게 가까이 다가앉으라고 권했다. 나는 거절했다. 그는 여전히 부드러운 표정이었다.

사제는 잠시 동안 무릎 위에 두 팔을 올려놓고 머리를 숙인 채 자기 손을 물끄러미 바라보았다. 가냘프고 힘줄이 드러난 손은 날렵한 한 마리 짐승을 연상시켰다. 그는 천천히 손을 비비면서 한참을 그렇게 앉아 있기만 했다. 혹시 나를 잊은 건 아닐까 하는 생각을 했다.

갑자기 그가 머리를 들어 나를 빤히 바라보고는 말했다.

"내 면회를 왜 거절하시는 겁니까?"

나는 하나님을 안 믿는다는 대답을 했다. 그는 그것을 확신하느냐고 물었다. 나는 생각해 볼 필요도 없다고 말했다. 중요한 문제라고 여겨지지 않았기 때문이다. 그러자 그는 몸을 뒤로 젖히고 넓적다리 위에 손을 쫙 펴서 얹은 채 벽에 기대앉았다. 그는 혼잣말을 하듯이 사람이란 가끔 자기들이 확신한다고 생각하지만 실제로는 그렇지 않다

고 했다. 나는 아무 말도 하지 않았다.

"어떻게 생각하시나요?"

그가 나를 쳐다보며 물었다. 나는 그럴 수도 있을 것 같다는 대답을 했다. 어쨌든 내가 무엇에 관심이 있는지 확신할 수는 없을지라도, 무엇에 관심이 없는지는 절대적으로 확신할 수 있다고 말했다. 그리고 사제가 내게 말한 것은 내 관심을 끌지 못하는 것이라고 했다.

그는 여전히 그 자세로 앉아 눈만 돌리고는 내가 너무 절망해서 그런 말을 하는 게 아니냐고 물었다. 나는 절망하지 않았다고 설명했다. 단지 두려울 뿐이고, 그건 아주 자연스러운 일이라고 설명했다. 그러자 사제가 말했다.

"그렇다면 하나님께서 도와주실 겁니다. 내가 만났던, 당신과 같은 처지에 있었던 사람들은 모두 하나님께로 돌아갔습니다."

나는 그건 그 사람들의 권리라고 인정했다. 그들에게 그럴 만한 시간이 있었다는 사실을 증명하는 것이었다. 하지만 나는 누구의 도움도 받기 싫었고 무엇보다 아무 흥미를 끌지 못하는 것에 관심을 기울이기에는 내 시간이 부족했던 것이다.

그때 그는 화가 난다는 듯 손을 휘젓더니 곧 몸을 세우고 옷깃을 바로잡았다. 그러더니 나를 '친구'라고 부르며 말을 걸었다. 내가 사형선고를 받았기 때문에 그런 식으로 말하는 것은 아니라고 했다.

그에 따르면 우리는 모두 사형선고를 받고 있다는 것이었다. 나는 그의 이야기를 가로막으며 그건 내 경우와 다르며 그게 위안이 되지는 않는다고 말했다. 사제가 말했다.

"그거야 그렇지요. 하지만 당신이 오늘 죽지 않는다고 해도 언젠가는 죽겠지요. 그때가 되면 또 같은 문제가 생깁니다. 그 무서운 시련을 어떻게 견뎌 내실 겁니까?"

나는, 지금과 완전히 똑같이 그 시련을 맞겠다고 대답했다.

그 말을 듣고 그는 일어서서 내 눈을 똑바로 들여다보았다. 그건 내가 익히 알고 있는 게임이었다. 에마뉘엘이나 셀레스트와 그 게임을 자주 했었다. 그들은 대개 먼저 눈을 돌리곤 했다. 사제의 눈길이 흔들리지 않는 것을 보고 그도 게임을 할 줄 안다는 것을 나는 바로 눈치챘다. 그러나 그는 흔들리지 않는 목소리로 말했다.

"그러면 당신은 아무런 희망도 없습니까? 당신이 곧 죽어 완전히 없어져 버린다는 생각을 하면서 살고 있습니까?"

"네."

내가 대답했다. 그러자 그는 고개를 숙이고 다시 앉았다. 내게 불쌍하다고 말했다. 그것은 인간으로서 도저히 견딜 수 없는 일이라고 그는 판단했다. 나는 그가 슬슬 귀찮아지기만 했다. 이번에는 내가 돌아서서 천장 아래로 가 어깨를 벽에 기댔다. 잘 듣지는 못했지만 그가

뭐라고 묻는 소리가 들렸다. 불안하고 절박한 목소리로 이야기하고 있었다. 흥분한 것 같아 나는 좀 더 자세히 들었다.

그는 내 항소가 수리될 테지만 내가 죄의 짐을 지고 있으니 그걸 벗어던져야 한다고 말했다. 그는 인간들의 심판은 아무것도 아니며 하나님의 심판만이 전부라고 했다. 나는 내게 사형을 선고한 것은 인간의 심판임을 지적했다. 그러자 사제는 그렇다고 해서 내 죄가 씻긴 것은 아니라고 했다.

나는 내 죄가 무엇인지 모른다고 말했다. 그저 내가 죄인이라는 것을 남들이 알려 주었고, 내가 죄인이라 죄의 대가를 치르고 있으니 더 이상 나한테 뭔가를 요구할 수는 없는 일이라고 했다. 그때 사제가 다시 일어섰지만 감방이 워낙 좁아서 그가 움직이고 싶어도 선택의 여지가 없다고 생각했다. 앉든지 일어서든지 해야만 했다.

나는 땅바닥을 보고 있었는데 그가 한 걸음 내게 다가서더니 더 앞으로 나설 엄두가 안 난다는 듯 멈춰 섰다. 그러고는 창살 너머로 하늘을 바라보며 말했다.

"내 아들, 당신은 오해하고 있는 것이오. 그 이상을 요구할 수도 있어요. 실제로 요구하게 될 겁니다."

"뭘 요구합니까?"

"보기를 요구할 겁니다."

"뭘 보는데요?"

사제는 주위를 둘러보고 문득 지친 듯한 목소리로 대답했다.

"이 모든 돌들은 고통을 뿜어내고 있어요. 나는 그걸 압니다. 이것들을 볼 때마다 고통을 느끼지요. 그렇지만 나는 마음 깊이 알고 있어요. 당신 같은 사형수들 중에서 가장 비참한 사람들은 이 돌의 어두운 곳에서 하나님의 얼굴이 나타나는 걸 봤다는 사실을 말이에요. 당신도 바로 그 얼굴을 보기를 요구합니다."

나는 조금 흥분했다. 여러 달 전부터 그 벽을 들여다보았다고 말했다. 이 세상에서 내가 이 벽보다 더 잘 알고 있는 것도 없고, 이 벽을 나보다 더 잘 아는 사람도 없을 정도였다. 아마도 오래전에 나는 거기서 하나의 얼굴을 찾아보려 했을 것이다. 그러나 그 얼굴은 태양의 빛과 욕정의 불꽃이 담긴 얼굴이었다. 마리의 얼굴이었다. 신성한 얼굴을 찾아보려 했지만 헛수고였다. 이젠 그것도 다 지난 일이었다. 아무튼 그 땀으로 얼룩진 돌들에서 아무것도 보지 못했노라고 말했다.

사제는 슬픈 듯 나를 보았다. 이제 나는 벽에 등을 완전히 기대고 있어 빛이 이마 위에 쏟아졌다. 그가 뭐라고 했지만 나는 못 알아들었다. 그가 매우 빠른 말투로 나를 껴안아도 되겠느냐고 물었다.

"아니오."

내가 대답했다. 그는 돌아서서 벽으로 걸어가더니 천천히 벽을 손

으로 훑었다.

"그래, 그렇게도 이 땅을 사랑하십니까?"

그가 중얼거렸다. 나는 대답하지 않았다.

그는 꽤 오랜 시간 돌아서 있었다. 방 안에 그가 있는 게 상당히 신경 쓰였다. 그에게 혼자 있도록 나가 달라고 하려는데 그가 다시 돌아섰다.

"아니에요. 당신 말을 믿을 수가 없어요. 나는 당신도 다른 삶을 바란 적이 있었을 거라고 확신합니다."

물론이다. 그렇지만 부자가 된다든가 헤엄을 잘 칠 수 있다든가 더 잘생긴 입을 갖고 싶다든가 하는 부류의 바람에 지나지 않는다고 대답해 주었다. 그러나 그가 내 말을 가로막고 다른 생애라는 것이 어떻다고 상상하느냐고 물었다. 내가 외쳤다.

"지금의 이 삶을 회상할 수 있는 그런 삶!"

그러고는 이제 넌덜머리가 난다고 소리 질렀다. 그는 또 하나님 이야기를 하려고 했지만 나는 그에게 다가서면서 내게는 남은 시간이 별로 없다는 것을 다시 한 번 설명해 주려 했다. 하나님 얘기로 시간을 허비하고 싶지 않았다. 그는 화제를 바꾸고자 왜 자기를 '아버지(프랑스에서 신도가 사제를 부를 때 '몽 페르'라고 하는데 이 말에는 '내 아버지'라는 뜻도 있다_옮긴이)'라고 부르지 않느냐고 했다. 나는 화가 나서 당

신은 내 아버지가 아니고 다른 사람들과 마찬가지라고 대답했다.

"내 아들, 아니에요! 나는 당신 편입니다. 당신 마음의 눈이 멀어 그걸 모르는 거예요. 당신을 위해 기도하겠습니다."

그는 내 어깨에 손을 올려놓고 말했다. 그때 이유는 모르지만 내 속에서 뭔가가 폭발해 버렸다. 나는 고래고래 소리 지르면서 그에게 욕설을 퍼붓고 기도하지 말라고 했다.

나는 그의 사제복을 움켜잡았다. 기쁨과 화가 뒤섞여 날뛰는 마음을 그에게 송두리째 쏟아부었다.

당신은 꽤나 자신만만한 태도를 하고 있다. 그렇지만 당신의 신념이란 것은 모두 여자 머리카락 한 올만큼의 가치도 없다. 당신은 죽은 사람처럼 살고 있으니 살아 있다는 것에 대한 확신조차 없다. 내가 빈손인 듯 보일 것이다. 그렇지만 내게는 확신이라는 게 있다. 나 자신에 대한 것, 모든 것에 대한 확신. 당신보다 더한 확신. 내 인생과 곧 닥쳐올 죽음에 대한 확신이 있다.

그렇다. 나한테는 이것밖에 없다. 하지만 적어도 나는 이 진리를, 이 진리가 나를 붙들고 있는 한 나도 이 진리를 붙들고 있다. 내 생각은 옳았고 지금도 옳고 또 앞으로도 옳을 것이다. 나는 이렇게 살았지만 다르게 살 수도 있었을 것이다. 나는 이것은 하고 저것은 하지 않았다. 어떤 일을 하지 않은 대신 다른 일은 했다. 그래서 어쨌단 말이냐?

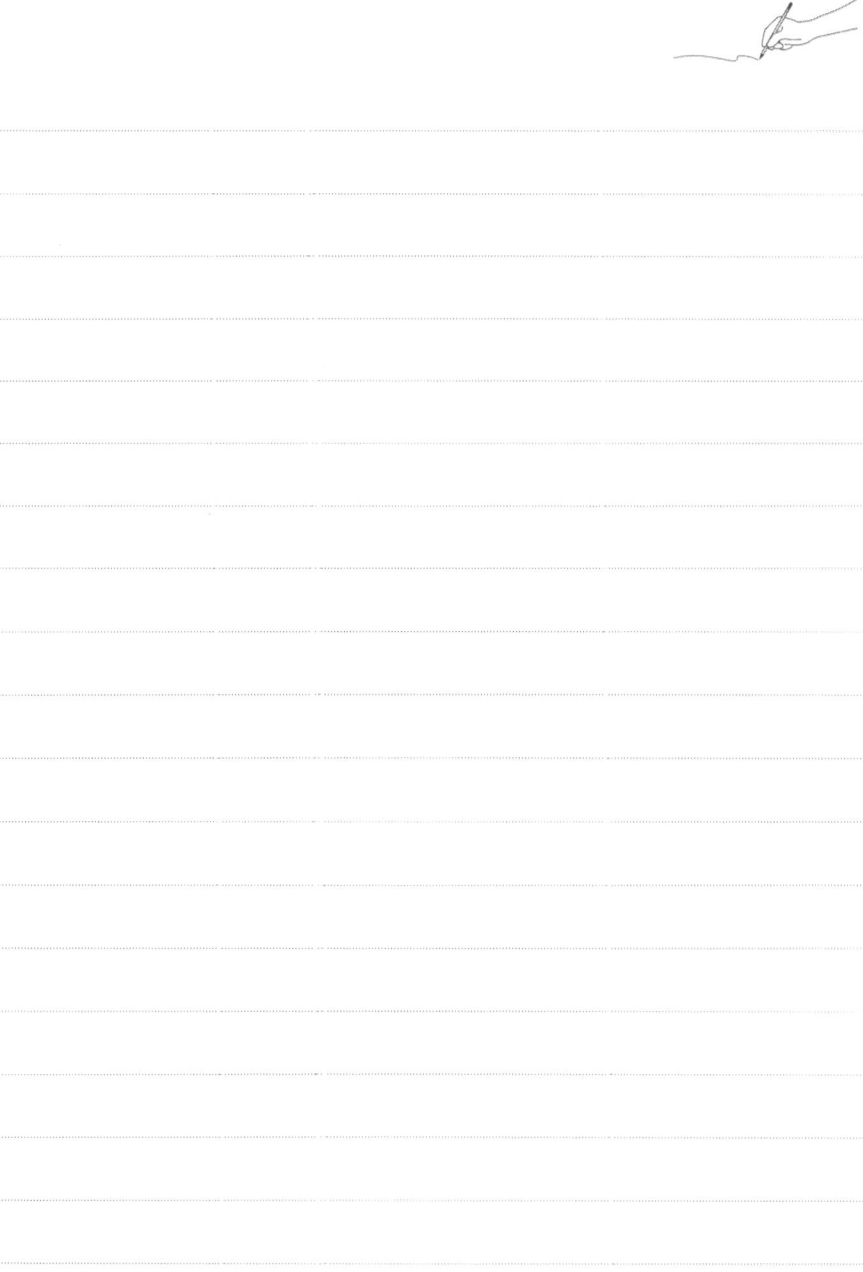

나는 마치 내 정당함이 인정될 이 새벽을 이제껏 기다리며 살아온 것 같다.

중요한 것은 아무것도 없다, 아무것도. 나는 그 이유를 잘 안다. 당신 역시 그 까닭을 알고 있을 것이다. 내가 그 부조리한 인생을 살아오는 동안 항상 한 줄기 어두운 바람이 내 미래 저 밑바닥에서부터 불어오고 있었다. 그것도 아직 닥치지도 않은 세월을 거슬러서 말이다. 내가 살고 있는, 더 실감날 것도 없는 이 세월 속에서, 내게 주어진 것은 모두 다 그 바람이 쓸고 지나가면서 아무런 의미가 없는 것이 되어 버렸다. 다른 사람들의 죽음이나 어머니의 사랑 같은 것들이 뭐가 중요하단 말인가? 당신의 하나님, 사람들이 선택하는 삶과 운명, 그런 게 다 무슨 소용이란 말인가?

오직 하나의 숙명만이 나를 선택하고, 오직 하나의 숙명만이 당신들같이 '나의 형제'라는 호칭을 쓸 수많은 수혜자들을 선택하도록 되어 있는 것이다.

알아들을 수 있나? 사람들은 누구나 특권을 가진 존재다. 세상에는 특권을 가진 사람들만 존재하는 것이다. 다른 사람들도 머지않아 사형을 선고받을 것이다. 당신 역시 사형을 선고받을 것이다.

살인범으로 고발당했으면서도 자기 어머니 장례식 때 울지 않았다는 이유로 사형을 받게 된다 한들 그게 뭐가 중요한가? 살라마노의

개나 그의 마누라나 가치로 따지면 마찬가지다. 로봇 같은 그 작은 여자도, 마송과 결혼한 파리 여자도, 내가 결혼해 주기를 바라던 마리도 모두 마찬가지로 죄인인 것이다.

셀레스트가 레몽보다 훨씬 낫지만 결국엔 둘 다 내 친구라고 한들 그게 중요한 문제인가? 마리가 오늘 또 다른 뫼르소에게 키스를 해 준다고 해도 그게 어떻다는 말인가? 이 사형수야, 알기는 해? 미래의 저 밑바닥에서…….

이런 것들을 외쳐 대며 나는 숨이 막혔다. 그러나 이때는 이미 사람들이 내 손에서 사제를 떼어 내고 나를 위협하고 있었다. 그러나 사제는 그들을 진정시킨 다음 한동안 말없이 나를 바라보았다. 그의 눈에 눈물이 가득 고여 있었다. 그러고는 마침내 돌아서서 가 버렸다.

그가 나간 후에 나는 마음의 안정을 되찾았다. 기진맥진한 상태로 침대에 몸을 던졌다. 잠이 든 모양이었다. 눈을 뜨자 바로 위에 별이 보였고 들판의 소리들까지 들려왔다. 한밤의 냄새, 흙냄새, 소금 냄새가 풍겨 와 관자놀이가 시원해졌다. 여름의 놀라운 평화가 밀물처럼 내 속으로 흘러들어 왔다.

그때 밤의 저 끝자락에서 뱃고동 소리가 크게 울렸다. 이제 나와는 영원히 관계가 없어진 한 세계로의 출발을 알리는 소리였다.

아주 오랜만에 나는 엄마를 생각했다. 엄마가 왜 생명이 사그라져

가는 그때에 '약혼자'를 둔 것인지 왜 다시 시작하는 놀이를 한 것인지 이해할 수 있을 것 같았다. 그곳, 생명이 꺼져 가는 양로원 근처에서도 저녁은 서글픈 휴식 시간 같았다. 그토록 죽음이 가까운 시간에 엄마는 거기서 해방감을 느꼈고 처음부터 다시 살 준비가 되었던 게 틀림없다.

아무도, 그 누구도 엄마의 죽음에 눈물을 흘릴 권리는 없다. 나 역시 모든 것을 다시 살아 볼 수 있을 것 같은 생각이 들었다. 마치 그 커다란 분노가 나의 모든 고통을 씻어 주고 모든 희망을 비워준 듯, 온갖 징조들과 별들이 가득한 그 밤을 앞에 두고, 나는 처음으로 세계가 가진 정다운 무관심에 마음이 열린 것이다.

나와 세계가 무척 닮아 마치 형제 같다는 것을 깨달으면서 나는 전에도 행복했고, 지금도 행복하다는 것을 느꼈다. 모든 것이 완성되려면 내게 남은 소원은 오직 하나, 내가 덜 외로워하도록 내가 사형 집행을 받는 그날 많은 구경꾼들이 몰려 와 증오에 가득 찬 함성으로 나를 맞아 주었으면 하는 것뿐이었다.

World Classic writing book 05

필사의 힘

알베르 카뮈처럼 【이방인 따라쓰기】

초판 1쇄 펴낸 날 2025년 7월 30일

원 작 알베르 카뮈
펴낸이 장영재
펴낸곳 (주)미르북컴퍼니
전 화 02)3141-4421
팩 스 0505-333-4428
등 록 2012년 3월 16일(제313-2012-81호)
주 소 서울시 마포구 성미산로32길 12, 2층 (우 03983)
이메일 sanhonjinju@naver.com
카 페 cafe.naver.com/mirbookcompany
S N S instagram.com/mirbooks

* (주)미르북컴퍼니는 독자 여러분의 의견에 항상 귀 기울이고 있습니다.
* 파본은 책을 구입하신 서점에서 교환해 드립니다.
* 책값은 뒤표지에 있습니다.